Schiavo Sottomesso e altre storie

Erika Sanders

Serie
Collezione di dominazione erotica

ERIKA SANDERS

Sinossi

Questo libro è composto dalle seguenti storie:
    Schiavo Sottomesso
    Il desiderio di Sandy
    Apocalisse zombie

Schiavo Sottomesso è un romanzo dal forte contenuto erotico BDSM e, a sua volta, un nuovo romanzo appartenente alla collezione Erotic Domination, una serie di romanzi dall'alto contenuto romantico ed erotico BDSM.

(Tutti i personaggi hanno 18 anni o più)

Nota della scrittrice:

Erika Sanders è una nota scrittrice internazionale, tradotta in più di venti lingue, che firma i suoi scritti più erotici, lontani dalla sua prosa abituale, con il suo nome da nubile.

Indice

SCHIAVO SOTTOMESSO E ALTRE STORIE
ERIKA SANDERS

SCHIAVO SOTTOMESSO

8

CAPITOLO I

Dove diavolo era?

Questo è quello che ho pensato mentre sedevo al tavolo per due della caffetteria in una strada principale della periferia della città.

Avevo già preso due tazze di caffè ed era passata più di un'ora da quanto avevamo concordato ieri e dannazione, avevo bisogno di andare a fare pipì.

Non sapendo se restare o andarmene o altro, alla fine mi sono convinto di essere stato abbandonato e ho deciso di andare a cercare sollievo.

Che dannata perdita di tempo e questo è solo un altro colpo al mio ego... è successo troppo vicino all'altra volta, avrei dovuto saperlo meglio, ho pensato mentre mi alzavo dal tavolo e mi dirigevo verso il bagno degli uomini.

Ci eravamo incontrati in chat l'altra sera.

Avevo creato una stanza con un argomento su come trovare una Dominatrice nella zona giusta e dopo alcune ore è arrivata Lucy e abbiamo iniziato a parlare di ciò che ci piace e non ci piace della situazione e dell'argomento.

Ci siamo scambiati le foto...niente di rischioso, solo foto di noi in abiti normali all'inizio.

Ci è piaciuto quello che abbiamo visto e abbiamo deciso di incontrarci al bar stamattina sabato mattina presto... anzi molto presto... alle 6:15.

Lucy poi mi chiede di mandarle una lista dei miei limiti... una lista completa di cosa non farei e cosa vorrei fare.

Mi ha anche fatto inviare tutte le mie misurazioni; tutto, dalla lunghezza del mio cazzo quando era eretto alla dimensione della mia scarpa.

Poi più tardi mi ha chiesto di mandarle delle foto del mio cazzo come pendeva normalmente e anche con un'erezione completa.

Aveva fatto di tutto, ma dannazione era finito qui nel bagno della mensa.

Lasciai il bar e mi diressi verso la mia macchina, che era sul retro del parcheggio dove avevo detto a Lucy che l'avrei parcheggiata e allo stesso tempo le avevo anche dato il numero della mia targa.

Mentre aprivo la portiera, il finestrino del lato passeggero di un SUV nero parcheggiato accanto a me cominciò ad abbassarsi.

" Peter sei tu?" disse piano una voce femminile

Gli ho detto che ero io.

"Mi dispiace, ma dovevo assicurarmi che fossi la persona che dicevi davvero di essere."

Ho guardato l'autista e il mio cuore ha iniziato a battere a un ritmo fantastico.

Era Lucy ed era bellissima... con un cappotto di pelle e stivali alti di pelle.

Il suo cappotto di pelle era sbottonato sul fondo, rivelando le cosce nude e un po' di pelle sopra, ma non ero sicuro di cosa fosse esattamente la pelle, ma serviva allo scopo di eccitarmi.

"Dove diavolo eri? Ti ho aspettato più di un'ora." Sbottai mentre guardavo i suoi stivali e sentivo il mio cazzo iniziare a prestare attenzione alla situazione.

"Ora Peter, dimmi semplicemente quello che pensi. Se sei ancora interessato a incontrarmi, seguimi subito a casa mia. Una volta che saremo lì, entrerai nel garage nello spazio accanto al mio macchina. Hai capito quel ragazzo?"

Prima che potesse rispondere, il finestrino si chiuse e il SUV uscì dal parcheggio e cominciò ad allontanarsi.

La mia erezione è morta sul posto in tempi record.

Cosa devo fare, cosa devo fare?

Maledizione.

Saltai in macchina e le corsi dietro sperando che non fosse troppo tardi.

" Dov'è lei?" Mi sono detto mentre mi avvicinavo all'uscita... "Ecco, ha girato a destra; è diretto a ovest."

Ho cercato di tenere il passo e di tenerla d'occhio senza accelerare, poiché questa strada era nota per gli autovelox.

L'avevo in vista quando all'improvviso è passato attraverso una luce ambrata che mi ha costretto a fermarmi e guardarlo scomparire.

"Puttana... l'ha fatto apposta," ho urlato a nessuno.

Ho aspettato che il semaforo diventasse verde per quella che mi è sembrata un'eternità, poi sono partito il più velocemente possibile, credendo di averlo perso.

"Eccola, vai avanti." ho urlato a me stessa...deve essere rimasta imbottigliata nel traffico o forse si era fermata.

L'ho seguita subito dopo questa fermata, e poi, qualche chilometro dopo, ha finalmente svoltato a destra su una strada laterale, nota per le sue case costose e le splendide viste, dato che erano lotti in riva al lago.

Stavamo guidando a una velocità molto più lenta.

Probabilmente non vuole che i vicini si accorgano di nulla, ho pensato.

Poi ha girato a destra lungo una strada che alla fine aveva una casa enorme e il mio primo pensiero è stato che mi fossi perso... ma è andato al garage e ha aperto la porta prima che arrivassi.

Ha lasciato l'auto sul lato sinistro e io ho guidato accanto a lei sul lato destro.

Sono appena entrato nel garage che la porta ha cominciato a chiudersi, ho spento la macchina e sono sceso.

Aprì una porta della casa principale e mi fece cenno di seguirla, cosa che feci, ma con esitazione.

Mi sono asciugato i piedi su una stuoia, sono entrato in casa e ho chiuso la porta dietro di me.

Poi mi sono voltato a guardare Lucy.

"Sai che abiti a cinque miglia da me..."

Schiaffo... Schiaffo... Schiaffo... mi ha schiaffeggiato forte le guance.

"Come osi parlarmi in quel modo? Non mi interrogherai mai più, un inutile pezzo di merda come te! Mi capisci, Peter?"

Sono rimasto scioccato, non me lo aspettavo.

"Sì, credo."

Mi ha afferrato per il davanti della maglietta... schiaffo, schiaffo... schiaffo.

Mi ha colpito di nuovo e questa volta ho cercato di proteggermi e le ho afferrato il polso... solo di riflesso, ma ho capito che era stupido e l'ho lasciato andare subito.

"Oh merda, sono fregato," ho pensato e ho aspettato che lei mi dicesse di andarmene.

"In ginocchio ORA, Peter!" Disse ad alta voce mentre mi afferrava per i capelli e mi costringeva a scendere.

"Ti sei guadagnato una piccola punizione, schiavo." Lei disse.

Mi ha chiamato schiavo e pensavo che lo facesse da 20 minuti.

Avevo le ginocchia unite, le mani su entrambi i lati, per tenermi in equilibrio, e la stavo guardando.

Lei mi ha guardato e poi mi ha dato un calcio forte nel punto in cui le mie ginocchia si toccavano.

"Apri quelle ginocchia, stronza!"

Ho fatto quello che mi è stato detto.

Poi ha messo la punta del suo piede destro sul mio cazzo e l'ha premuto forte.

"Non dimenticartelo ancora, Peter. Inoltre, abbassa quella maledetta testa e guarda il pavimento. Metti le mani sulle cosce, con i palmi rivolti verso l'alto, nella posizione corretta per uno schiavo.

"Ti sei guadagnato quindici frustate da schiavo che riceverai all'inizio della nostra sessione. Cinque sono per essere stato insolente quando mi hai chiesto dove diavolo fossi. Cinque sono per aver risposto in modo errato non parlandomi con rispetto e non chiamandomi Padrona o Padrona Lucy. Lo farai. Lo farai sempre quando non sei in pubblico, cioè in macchina o in una casa... sia qui che in una stanza privata. Cinque è per avermi toccato senza approvazione quando mi ha afferrato il polso. Se lo fai ripeto, sarai punito oltre i tuoi limiti, poiché devo proteggere me stesso. Capisci perché vieni punito, Peter?

L'ho guardata in faccia come ho potuto e ho detto:

"Sì, capisco".

Mi afferrò forte per i capelli e mi guardò negli occhi.

"Saranno altre cinque sculacciate per avermi disobbedito alzando lo sguardo e mostrando mancanza di rispetto non chiamandomi Padrona. Mi capisci, Peter?"

Abbassando come meglio potevo gli occhi e la testa, benché lei mi tenesse ancora per i capelli, dissi:

"Sì, signora Lucy, capisco."

"Ieri abbiamo discusso del fatto che stavi diventando il mio penitente e il mio schiavo sessuale, e che avevi bisogno di addestramento. È corretto, Peter?"

"Sì, signora, è corretto."

"Hai affermato che i tuoi limiti non erano adolescenti o inferiori, niente sangue, niente spilli, niente aghi, niente segni permanenti. È corretto, Peter?"

"Sì, signora, è corretto."

"Stamattina ti sei pulito con il metodo del clistere rapido di cui abbiamo parlato?"

"Sì, signora Lucy, ho fatto esattamente come mi hai detto."

"Sei ancora interessato a diventare la mia persona in lutto e schiavo sessuale, Peter?

"Sì, signora, più che mai."

Poi mi sciolse i capelli mentre guardava a terra.

Mi sento come se fossi appena saltato nella parte più profonda della piscina e non avessi imparato a nuotare.

"Bene, vediamo se riesci ad allenarti. Alzati e svuota tutte le tasche, togliti orologio e anelli e metti tutto sul tavolino!" che lei ha sottolineato. "Allora togliti le scarpe e mettile sul pavimento accanto al tavolo."

Ho fatto tutto quello che mi ha detto il più velocemente possibile e dato che era la mia prima occasione, ho guardato intorno alla casa.

Era nell'atrio principale, non lontano dai gradini che portavano al seminterrato.

Ho guardato la Dominatrice senza stabilire un contatto visivo e ho visto che indossava ancora il suo cappotto di pelle e gli stivali.

Dio, è ancora più bella della foto che mi ha mandato.

Capelli corti biondo scuro con frangia negli occhi, non vedo l'ora di scoprire com'è il resto di lei, come pensavo.

"Ora Peter, ti toglierai tutti i vestiti per un controllo; mani dietro la testa, testa bassa e gambe divaricate. ORA maledetta stronza, non domani!"

Mi sono spogliato il più velocemente possibile e sono rimasto nudo per esaminarmi.

Mentre guardavo in basso, ho visto il mio cazzo iniziare a crescere in attesa che i miei sogni diventassero realtà.

Dio, come vorrei che mi facesse venire adesso, ho pensato.

"Quando ho detto che volevo che le tue gambe fossero ben divaricate, ero sincero. Ora, allarga le gambe. PIÙ AMPIA! Idiota, idiota. E puoi dimenticarti di avere un orgasmo in qualsiasi momento nel prossimo futuro, schiavo. Io sarò lo solo uno per determinare quando ne avrai uno."

"Mi dispiace, signora... sì, signora," sbottai e guardai il mio cazzo duro.

Poi mi ha tolto i vestiti e mi ha camminato lentamente intorno.

Prima ha pizzicato un capezzolo e poi la punta del mio pene, stringendolo forte mentre gemeva a denti stretti.

Ha riso mentre mi metteva alla prova più volte.

"Ora, schiavo Peter, raccogli tutti i tuoi vestiti e scendi nel seminterrato. Apri la prima porta a destra, entra e chiudi la porta. Non accendere nessuna luce... Là, al centro di "Nella stanza, troverai una borsa sportiva con le istruzioni sopra. Vai direttamente alla borsa, leggi le istruzioni e seguile esattamente. Hai 20 minuti per completare questo compito e io osserverò ogni tuo movimento con la telecamera. Tu capito Pietro?"

"Sì, signora Lucy, capisco."

"Allora vai, ragazzo, hai già usato 20 secondi."

Più velocemente che ho potuto, ho raccolto i miei vestiti, sono corsa giù per le scale, ho aperto la prima porta a destra, sono entrata e la ho chiusa dietro di me.

"In che diavolo mi sono cacciato, sono davvero fregato."

Sì, sono decisamente saltato in un abisso profondo.

CAPITOLO II

Non doveva andare così veloce, pensai tra me, mentre mi assicuravo che la porta fosse chiusa.

Appoggiando la testa contro la porta, ho chiuso gli occhi e mi sono chiesto se stesse succedendo davvero.

Un professionista di 40 anni, come me, divorziato, stava finalmente realizzando la sua fantasia.

Mi avevano introdotto in un mondo completamente nuovo.

Lì, al centro della stanza, con un unico faretto puntato sul soffitto, c'era un tappetino nero con sopra una borsa sportiva, una borsa Nike per la verità.

Mi sono avvicinato velocemente a lei e ho sentito il freddo del pavimento di cemento sui miei piedi.

Forse era nella sua prigione.

In cima alla borsa c'era un pezzo di carta piegato con sopra scritto un biglietto: "Schiavo Peter", io, ma come faceva a sapere che sarei stato qui?

Presi il biglietto e cominciai a leggerlo.

Schiavo Pietro

Stronza, adesso ti inginocchierai per leggere questo biglietto.

Segui esattamente le istruzioni e sii veloce perché il tuo tempo sta per scadere.'

Mi inginocchiai velocemente e mentre lo facevo mi guardai intorno, ma nel resto della stanza non c'era luce; solo la luce che brillava su di me mentre leggevo la nota.

1. Impila con cura i vestiti accanto alla borsa.

2. Tira fuori tutto dalla borsa e mettici dentro i vestiti.

3. Indossa il colletto, assicurati che sia stretto, quindi chiudilo.

4. Indossare l'imbracatura e fissare tutte le fibbie e l'anello del martello. Devono essere tutti stretti.

5. Allacciare i polsini e le caviglie e fissarli con un lucchetto. Ognuno è contrassegnato dove dovrebbe andare e dovrebbe essere indossato stretto.

6. Bloccare insieme i polsini della caviglia con la catena da 6 pollici e i lucchetti.

7. Fibbia sulla mascella. È una mascella a larghezza aperta e dovrebbe essere molto stretta.

8. Controlla l'area e metti tutto ciò che non hai utilizzato all'interno della borsa.

9. Indossa la benda e allacciala saldamente!

10. Bloccare insieme i polsini.

11. Assumete la posizione dello schiavo e attendete.

Mentre leggevo il biglietto, caddi in ginocchio mentre cercavo di individuare ogni oggetto nella borsa e alla fine, frustrato nel tentativo di individuarli, semplicemente lanciai la borsa davanti a me.

Quando ho visto tutto, ho davvero creduto che sarebbero venuti altri perché tutto questo non poteva essere solo per me.

All'improvviso, da un altoparlante direttamente sopra di me, arrivò la sua voce, forte, profonda e pesante.

"HAI 15 MINUTI RIMANENTI."

Quel promemoria scatenò dentro di me il panico e raccolsi velocemente i miei vestiti, li gettai nella borsa e la chiusi.

Poi frugai nel mucchio di cinghie di cuoio finché non trovai il collare.

Maledizione, è un collare di punizione.

Ho guardato lo spesso colletto nero alto quattro pollici e mi sono chiesto come lo avrei indossato, finché non ho notato che c'era un piccolo lucchetto aperto che entrava in un foro nel perno extra largo della fibbia.

Adesso ho capito come va utilizzato e ho tolto il lucchetto.

Alzando la testa, l'ho messo al collo in modo che l'apertura fosse nella parte posteriore e un anello a D nella parte anteriore e l'ho fissato in una posizione comoda.

Ho quindi infilato il lucchetto nel foro dello spillo e l'ho chiuso a chiave.

Ecco, quella dannata cosa è seduta, ho pensato.

Qual è il prossimo?

Fortunatamente, avevo passato un po' di tempo a fare ricerche sull'argomento dei giocattoli di dominazione e avevo visto diverse imbracature per il corpo pubblicizzate online, quindi sono riuscito a individuarla rapidamente e, dopo averla tenuta per un momento, ho deciso che si trattava di un'imbracatura per il busto.

Il più velocemente possibile, ho determinato la parte anteriore da quella posteriore, l'ho gettato intorno a me in modo che gli anelli principali fossero sul retro e la maggior parte delle fibbie di regolazione fossero sul davanti.

Fortunatamente le due cinghie che giravano su entrambi i lati del mio collo erano allentate e questo mi ha aiutato a posizionare la parte anteriore da quella posteriore, insieme al fatto che anche l'anello fallico pendeva nella parte anteriore.

Queste due spalline si incontravano in un anello davanti e dietro a un livello appena sotto il mio seno.

Da questo un'unica cinghia conduceva ad un altro anello all'altezza dei miei fianchi e da questo anello nella parte anteriore, un'altra cinghia teneva l'anello del pene con la cinghia attaccata sotto.

Sia gli anelli anteriori che quelli posteriori tenevano le cinghie per collegare i lati dalla parte anteriore a quella posteriore.

Dopo alcuni secondi di rigirarmi, ho deciso di collegare le cinghie laterali dell'anello sotto il seno e di allacciarle finché non erano strette, ma non troppo strette.

Ho poi ripetuto la stessa cosa con le cinghie laterali sui fianchi.

Stava iniziando a essere difficile perché la cintura al collo mi teneva la testa alta e non potevo vedere bene cosa stavo facendo.

Il prossimo è stato l'anello del gallo e sapevo che avrei dovuto farlo semplicemente sentendolo senza poter guardare.

Dio, vorrei aver esagerato con le misure del mio cazzo quando Lucy me le ha chieste.

Adesso non mi pende più così bene e non mi aspettavo che ci fossero problemi finché non fossi riuscito a tenere l'anello del rubinetto in alto in modo da poterlo vedere.

Accidenti, è minuscolo!

Come farò a portare le mie parti lì?

L'ho preso una pallina alla volta e sono stato fortunato che il mio cazzo fosse libero in quel momento e sono riuscito a spremere l'asta attraverso lo spazio rimanente.

Un po' di lubrificante avrebbe aiutato, ma non ce n'era.

Ho stretto la cinghia dell'anello fallico all'anello dell'anca e poi ho preso la cinghia rimanente dell'anello fallico, posizionandola tra le gambe e la parte posteriore dell'anca sulla schiena e poi, con le braccia dietro di me, l'ho abbottonata come meglio potevo.

Non appena l'ho fatto, ho iniziato ad avere un'erezione con il risultato che il dolore alla base del cazzo e delle palle era sorprendentemente fantastico.

Ho quindi stretto ciascuna cinghia e ripetuto il processo più e più volte finché non ho sentito che erano strette quanto dovevano essere.

L'intero processo ha mantenuto il mio cazzo eretto fino al momento in cui è stato completato.

La voce di Lucy proveniva di nuovo dall'altoparlante sul soffitto e sembrava più dominante di prima.

"SCHIAVO, TI HANNO 5 MINUTI A RIMANENZA."

"No, non è possibile, signora. Non può essere." Ho protestato.

"HAI 5 MINUTI. PRESTO."

Il più velocemente possibile, mi posizionai e bloccai i polsi e le caviglie, indicando dove ognuno avrebbe dovuto andare.

Poi ho trovato la catena e l'ho attaccata ai polsini della caviglia con i lucchetti attaccati agli anelli a D su ciascun polsino.

Tutto ciò non è stato un'impresa facile poiché quel dannato collare di punizione limitava la mia visuale.

Poi il bavaglio!

Era di cuoio spesso e aveva una grande apertura per far passare le labbra e i denti.

Quando l'ho provato per la prima volta, ho pensato che ci fosse un errore perché non riuscivo a mettere la bocca sopra l'anello sporgente al primo tentativo.

Ho provato di nuovo e ho infilato i denti nell'anello, ma era dolorosamente scomodo.

L'ho abbottonato bene per essere sicuro che non si staccasse.

Dio, il buco era abbastanza grande per un buon membro, ma speravo di non riceverlo mai. Perché non l'ho inserito nella mia lista dei confini?

Dopo aver trovato la benda, l'ho raccolta tutta, l'ho messa nella borsa e l'ho chiusa.

Ho fissato la benda e proprio mentre la stavo fissando, l'altoparlante da soffitto ha preso vita.

"IL TUO TEMPO È FINITO. ORA SEI IL MIO SCHIAVO."

Oh merda, ho dimenticato di legarmi i polsi, ho urlato nel bavaglio.

Disperatamente, ho trovato la borsa, l'ho aperta e, dopo quella che mi è sembrata un'eternità, ho trovato un lucchetto aperto.

Rapidamente, ma con difficoltà e ci sono voluti 2 minuti o più, sono riuscito ad allacciarmi le manette dietro la schiena.

Poi mi sono inginocchiato in totale sottomissione, con le ginocchia divaricate.

Oh no! Non ho chiuso la borsa.

Rimasi in ginocchio per quello che mi sembrò il tempo più lungo del mondo mentre ascoltavo la porta aprirsi e chiudersi.

Non c'era alcun suono; Non ha detto nulla.

Gli stivali ticchettavano sul pavimento e dal movimento dell'aria sul mio corpo e dall'odore del suo profumo sapevo che era vicina.

Dio, aveva un odore fantastico.

Erano anni che non avevo una donna così vicina a me.

Sentivo il cuoio dei suoi stivali, pensai e immaginai che stesse ispezionando la borsa.

Potevo sentire l'odore della pelle che indossava e ho iniziato ad eccitarmi mentre mi inginocchiavo in segno di sottomissione.

Plop!

"Agrrrrrrrrrrr," gemetti dopo aver ricevuto un calcio nelle palle che fece più male di qualsiasi altro dolore avessi mai ricevuto in vita mia.

Il dolore inaspettato costrinse le mie ginocchia a chiudersi.

"Mi hai disobbedito, inutile pezzo di merda. Allarga quelle ginocchia ORA!"

Obbedii lentamente e spostai le ginocchia aspettandomi di ricevere un altro colpo, ma non accadde nulla.

Ho mormorato nella gag un indistinguibile "Scusa padrona".

"Mi deludi, Peter. Hai fallito il tuo primo incarico e di conseguenza non riceverai le tue sculacciate fino alla festa di stasera e saranno triplicate."

Festa? Di che diavolo stai parlando?

Ho pensato all'improvviso e Lucy deve aver percepito la mia preoccupazione a causa di qualche movimento del mio corpo.

"Stasera inviterò alcuni dei miei amici. Vuoi partecipare come mio schiavo, Peter? Sarai l'attrazione principale; anzi, stasera, sarai l'unica attrazione. Bene, sei interessato ?"

Stavo cercando di assorbire tutte queste nuove informazioni quando... schiaffo... la sua mano si posò sulla mia guancia sinistra.

Maledizione, fa male.

"Ti ho fatto una domanda, Peter. Sei interessato? In caso contrario, il tuo servizio termina adesso!"

Come meglio ho potuto, ho scosso la testa per indicare che ero interessato e ho mormorato nella gag:

"Per favore, lasciatemi partecipare alla vostra festa, padrona Lucy."

"Va bene Peter, ti sarà permesso di andare a casa e prepararti per la festa, ma prima abbiamo alcune cose di cui occuparci qui e ora. Non hai seguito molto bene le istruzioni, vero? Non te ne sei andato qualche giocattolo per la nostra sessione, la tua collana è "Mi sono scatenato e sono arrapato da morire. Pessima stronza perché stasera ho intenzione di essere molto duro con te per questo".

Poi mi ha afferrato per i capelli e mi ha tirato indietro la testa fino al punto in cui potevo immaginare che stesse guardando il mio viso imbavagliato e bendato.

"Tra pochi minuti, puttana mia, non sarai più così disobbediente," disse con voce profonda e autoritaria.

Sapevo cosa intendeva e mi sono inginocchiato in silenzio dopo che mi ha lasciato andare la testa.

"Prima di tutto devo insegnarti a rispettare e obbedire sempre alla tua Padrona."

Il rumore dei suoi stivali indicava che si era allontanato e presto sentii qualcosa strascicare nella mia direzione.

Poi l'ho sentita accanto a me e ho sentito anche che qualcosa mi veniva messo davanti.

La sua mano era sulla mia testa e mi slacciava la benda che lentamente si staccò e io sbattei le palpebre più volte adattandomi alla luce.

Di fronte a me c'era il lato di una panca di legno nero che doveva essere lunga quattro piedi con un piano imbottito in pelle nera largo circa due piedi.

La stanza ora era completamente illuminata e mentre mi guardavo intorno notai tutti gli oggetti di cuoio e le fruste appesi alle pareti e tutte le catene e le corde appese al soffitto.

Quando ho girato la testa più a destra, C'ERA LEI.

Oh merda, è così bella, ho pensato.

Indossava ancora gli stivali di pelle nera, ma indossava solo un piccolo corsetto di pelle nera che copriva l'area dai fianchi fino appena sotto il seno, e un paio di guanti di pelle nera.

Ho subito iniziato a indurirmi.

"Alzati, schiavo, piegati sulla panca", ordinò.

Onestamente ho provato ad alzarmi, ma ero irrigidito per tutto il tempo passato in ginocchio e i freni della catena alle caviglie lo rendevano impossibile.

Non importa quanto ci provasse, cadeva sempre in ginocchio o da una parte o dall'altra.

"Oh, cazzo," urlò e sapevo che era arrabbiata dallo sguardo sul suo viso e dal tono della sua voce.

All'improvviso sembrò saltare e mi afferrò l'anello sulla parte anteriore del collo.

Maledizione, che male, mi dissi mentre mi alzavo di colpo e andavo sulla panca, scalciando le caviglie.

Quando gemevo, tutto quello che diceva era:

"Abituati, ragazzo! Stasera sarà peggio."

Dopo avermi gettato sulla panca, mi ha legato con una corda dall'anello che avevo al collo a un occhiello in fondo alla panca, in modo che dalla testa alle spalle fossi piegato sulla panca.

Con la coda dell'occhio destro, ho potuto vedere la Mia Padrona prendere una cinghia di cuoio che era appesa al muro insieme a molte altre cinghie.

Era largo forse tre pollici e non molto spesso, ed ero grato che non fosse la corda da barbiere quella ancora appesa al muro.

Schiaffo... schiaffo... schiaffo.

Mi lanciò la cinghia contro le natiche per quella che sembrò un'eternità.

Quando ho cercato di muovermi per sfuggire alla costrizione, mi ha tenuto con le manette ai polsi e mi ha alzato le braccia per fermare i miei movimenti.

Alla fine finì e la sua mano mi accarezzò le natiche mentre si chinava e mi leccava la spalla.

"Devi sempre obbedirmi, Peter. Capisci?"

Mormorai un Sì AMA nel bavaglio mentre lui si muoveva verso la borsa sportiva sul pavimento.

Poi, guardandolo e pensando a cosa stava cercando, tirò fuori una cintura di pelle su cui c'era un vibratore nero.

L'ho vista mentre lo teneva rapidamente intorno alla vita e tra le gambe finché non si sentiva sicuro e nel posto giusto.

Poi camminò lentamente avanti e indietro assicurandosi che potessi vedere cosa sarebbe successo e si fermò di fronte a me.

Sollevandomi la testa per i capelli, ha guidato il vibratore fino al bavaglio.

"Schiavo, ho scelto il dildo più piccolo con cui devo scoparti. Spero che apprezzerai il mio gesto. ORA, succhialo in modo che sia innescato e bagnato. Utilizzerò anche un lubrificante affinché tu possa goderti questo momento, il nostro primo insieme."

Mentre metteva lentamente il dildo nel buco del bavaglio, ho cercato di contenerlo con la lingua come meglio potevo e poi l'ho fatto girare intorno per inumidirlo.

Succhiarlo era fuori discussione, ma sapeva che sarebbe stato un requisito in futuro; forse anche stasera.

La signora poi mi ha tolto il giocattolo dalla bocca e si è alzata, ha aperto la catena alle mie caviglie e mi ha allargato le gambe finché ho pensato che mi sarei spaccato in due.

Poi ho sentito le sue mani guantate slacciare la cinghia che correva tra le mie gambe.

Mi allargò le natiche mentre entrava lentamente nel mio territorio inesplorato.

"Oh sì," urlò ripetutamente mentre si spingeva dentro di me e poi cominciava a scoparmi sul serio con una mano su ciascuno dei miei fianchi.

Non ci avevo prestato attenzione prima, ma ora mi sono reso conto che il mio cazzo era duro e veniva strofinato contro la panca mentre il mio amante mi scopava.

Ha notato anche la mia crescita e una mano è andata al mio cazzo stringendolo forte.

"Oh, piccolo giocattolo. Farà piacere a tutti stasera, ma ricorda, se sborri, dovrai leccarlo via. Oh, sì, piccola puttana, cazzo, oh, così bello."

Poi, dopo qualche minuto, si tirò fuori da me e mi tenne le spalle mentre appoggiava la testa sulla mia schiena.

Il suo respiro era molto veloce e lui sapeva che era felice.

"Sei mio Peter, tutto mio, non lasciarmi mai. Ti ho cercato per tutta la vita."

Dopo che mi ha sciolto, mi sono inginocchiato davanti a lei e l'ho guardata mentre apriva e tirava fuori tutto quello che avevo portato come schiava.

Quando fui completamente nudo, assunsi la posizione dello schiavo e la osservai mentre si avvicinava a un altro armadietto e tirava fuori una borsa di velluto nero.

Tornò e si fermò di fronte a me.

"Peter, questa borsa contiene tutto quello che devi indossare stasera. Non devi indossare nient'altro dal momento in cui esci di casa e la tua macchina sarà perquisita per accertarsi che tu abbia obbedito. Puoi anche farti seguire da uno dei miei amici . La tua casa alla festa, ma non lo saprete mai, quindi fate attenzione: non dovete aprire la borsa prima delle 17 e alle 18 precise dovete entrare nel garage, guardate avanti e aspettate lì che qualcuno venga a prendervi. Ora ti vestirai, andrai a casa, riposerai, mangerai un pasto leggero e pulirai il tuo corpo all'interno prima di vestirti per la festa. Oh, e un'altra cosa, non solo ti raderai la faccia, ma anche il resto del tuo corpo Sono ammessi solo i capelli sulla sommità della testa, le sopracciglia e le ciglia.Capisci cosa ti viene richiesto, mio schiavo o devo ripetermi?

"Capisco la signora Lucy."

"Va bene, Peter. Adesso alzati."

Ho obbedito e all'improvviso lei mi è stata vicina.

Potevo sentire quei fantastici seni sul mio petto; Il suo calore era affascinante e il suo gesto era del tutto inaspettato.

Mise delicatamente una mano dietro la mia testa e la portò alla sua finché le nostre labbra non si incontrarono e poi si separarono mentre le nostre lingue duellavano e rimanevamo l'uno nelle braccia dell'altro mentre i nostri corpi cercavano di diventare uno.

Mentre si allontanava, notò il mio cazzo sull'attenti e sorrise.

"Oh, Peter, solo un'altra cosa. Non giocare mai con te stesso senza permesso! Adesso vai a prepararti per la festa."

CAPITOLO III

Ho controllato di nuovo l'orologio per quella che mi è sembrata la milionesima volta nell'ultima ora e alla fine ho pensato che fosse quasi ora di aprire la borsa.

Tutto era stato fatto come aveva ordinato Lucy.

C'erano solo cinque miglia di strada da casa sua alla mia, il che era sorprendente dato che non ci eravamo mai incontrati prima.

Era stato il nostro primo incontro nella vita reale che era andato molto più in là di quanto mi aspettassi e sapevo che ero innamorato di lei e che mi avrebbe lasciato fare quello che volevo.

Dio, ero arrapato , ma mi sono seduto lì e ho cercato di obbedire al suo ordine di non giocare con me senza il suo permesso.

Normalmente, dopo la mattinata che avevo appena trascorso, la mia mano destra avrebbe giocato con tutto, ma non sarebbe successo adesso.

Là, finalmente, erano le cinque del pomeriggio e slacciai il cordone della borsa di velluto nero che mi aveva regalato la signora.

Il mio battito cardiaco sembrava raddoppiare in previsione di ciò che dovevo trovare e ho chiuso gli occhi mentre frugavo nella borsa.

Ho sentito il freddo del metallo e il calore della pelle e della gomma mentre la mia mano afferrava tutto nella borsa e la gettava sul letto.

Sul letto c'era tutto quello che dovevo indossare quella notte, ovvero un collare, una piccola imbracatura e un tubetto di lubrificante con un tappo anale.

Grazie a Dio era piccolo, ho pensato quando l'ho visto.

Immediatamente ho iniziato a vestirmi prendendo prima la collana e determinando come pensavo dovesse essere indossata.

Era simile a quello che avevo avuto all'inizio della giornata, tranne che era alto solo due pollici e aveva tre anelli a D attaccati: uno davanti e uno su ciascun lato.

Aveva attaccato un lucchetto aperto e, sapendo come funzionava, l'ho indossato subito e l'ho allacciato più stretto che potevo senza strangolarmi, quindi ho legato e chiuso il lucchetto guardandomi allo specchio per non commettere errori .

Poi ho guardato l'imbracatura in varie posizioni e finalmente l'ho capito.

Avrei mantenuto sia il butt plug al suo posto, sia le mie privazioni, visto che quel dannato piccolo anello fallico era di nuovo lì.

Mi sono fermato davanti allo specchio intero della mia stanza e ho notato che da quando mi ero rasato tutti i peli pubici, il mio cazzo era due volte più grande, anche quando pendeva flosciamente.

Sorrisi e sperai che anche la mia padrona sarebbe stata felice quando mi avrebbe rivisto.

L'imbracatura era simile a quella che aveva indossato all'inizio della giornata.

Doveva essere indossato all'altezza dei fianchi e aveva due cinghie ripiegabili su ciascun lato che si collegavano a un anello di metallo nella parte anteriore e posteriore.

Ho allacciato saldamente queste cinghie e poi sono passato alla parte difficile spingendo prima le palle e poi il cazzo attraverso quel dannato anello che sapevo che Lucy aveva messo troppo piccolo.

Quando li ho fatti passare sul ring, mi sono guardato di nuovo allo specchio e ho pensato quanto fosse bello.

Dovrebbe essere il successo della festa.

Le mie ginocchia hanno iniziato a tremare un po' mentre pensavo a cosa avrei dovuto fare dopo, dato che sarebbe stata la prima volta che avrei usato un plug anale.

Ho preso il lubrificante e ne ho messo abbastanza sull'estremità da strofinarlo immediatamente nel buco del culo e nella sua apertura iniziale.

Poi ho messo quanto più lubrificante possibile sul tappo, ho allargato le gambe, mi sono accovacciato un po' e me lo sono messo lentamente sul sedere.

Il tappo aveva una base piatta che gli impediva di risucchiarmi completamente e il lubrificante in eccesso colava attorno ad esso.

È entrato più facilmente di quanto pensassi e ho preso un fazzoletto e ho asciugato il lubrificante in eccesso prima di rimuovere la cinghia dell'imbracatura dall'anello del pene tra le mie gambe e allacciarla all'anello posteriore.

L'imbracatura aveva una custodia per il butt plug, ma poiché me ne ero accorto troppo tardi, l'ho lasciata avvolta attorno al butt plug e speravo che lo tenesse nel sedere con tutto stretto.

Ho controllato l'ora e ho capito che era ora di andare e in quel momento ho capito che avrei guidato quasi nuda e mi sono detta di non infrangere nessuna regola del traffico altrimenti avrei dovuto spiegarmi.

Speravo che nessuno mi sorpassasse o si fermasse accanto a me.

Il mio garage aveva l'ingresso diretto da casa mia e con l' apertura automatica della porta del garage mi sentivo tranquillo che i miei vicini non avrebbero notato nulla di insolito.

Meno male che ci sono i vetri oscurati.

Ho messo un asciugamano sul sedile del conducente e il portafoglio e la patente erano già nel vano portaoggetti quando ho scorso mentalmente la lista di controllo.

Vorrei che fosse inverno e che tutto fosse buio, ma era una calda giornata estiva e l'oscurità non sarebbe arrivata prima di 3 ore.

Poi mi sono allontanato da casa dopo essermi assicurato che il garage fosse chiuso.

Che diavolo sto facendo, sono passate solo ore dal nostro primo incontro, ho pensato mentre guidavo lentamente verso casa sua osservando il traffico e sentendolo entrare dentro di me.

Controllavo continuamente nello specchietto retrovisore se c'era la polizia e chiunque altro mi seguisse.

Non c'era polizia in vista, ma sembrava che ci fosse una piccola macchina sportiva nera che mi seguiva a distanza, ma non ne ero assolutamente sicuro.

Oh, l'ho fatto!

Non ho urlato a nessuno, ma quasi, mentre entravo nel vialetto e andavo al garage.

Quando sono entrato nel garage, mi sono reso conto che ero in anticipo di quasi cinque minuti e, non sapendo cosa fare, ho semplicemente accostato dove avrei dovuto e ho spento il motore.

Mi sono seduto lì pensando e convincendomi che tutto andasse bene.

Mi sono tolto l'orologio e l'ho messo sul sedile accanto a me.

La porta del garage si chiuse dietro di me e il mio cuore cominciò a battere più forte insieme al mio cazzo indurito.

Poi mi sono seduto nel calore delle mie mani sulle mie cosce aspettando quella che sembrava un'eternità.

Ho sentito la porta di casa aprirsi e, guardando l'orologio sul sedile, ho visto che erano passate le ore cinque.

Doveva essere eccitazione perché mi voltai e vidi una donna che entrava dalla porta e si dirigeva verso di me.

Era grande quanto un'amazzone, ma non era grassa, era semplicemente grossa, più o meno della mia altezza, pensai, molto attraente, i suoi capelli castani legati in una pila in cima alla testa come una coda di cavallo pelosa fuori posto.

E la puttana aveva le tette più grandi che avessi mai visto.

Aspetta un secondo, ho pensato.

L'ho già vista.

Lavora al negozio di liquori.

La osservai avvicinarsi alla porta e d'istinto la aprii per salutarla.

"Togli quella maledetta mano dalla porta e guarda dritto davanti a te. Sei uno schiavo! Siediti e obbedisci." Lei ha ordinato.

Ho immediatamente tolto la mano dalla porta e mi sono seduto lì cercando di rivedere quello che era appena successo.

Deve essere un'amante.

Bisogna obbedirle, ho pensato.

La porta si aprì completamente e io guardai a sinistra senza muovere la testa e mi ritrovai a guardare un bellissimo insieme di cosce.

La sua figa non rasata era coperta da un panno rosso grande un quarto di un fazzoletto per il viso e pendeva da una sottile corda dorata sui suoi fianchi.

Indossava un collare di cuoio intorno al collo alto meno di un pollice e su di esso c'era scritto Schiavo in lettere d'oro.

"Ti piace quello che vedi nel culo? Ti avevo detto di guardare dritto davanti a te."

"Sì, signora. Mi dispiace, signora." Ho risposto.

Schiaffo ...

Mi ha ammanettato a un lato della testa con la mano destra.

"Non sono un'amante, ma devi obbedirmi finché non adempirò i miei doveri. Puoi chiamarmi Cindy o la schiava Cindy. Hai capito?" lei chiese.

"Sì, schiava Cindy. Ti capisco, stronza!"

"Oh, lo schiavo è impazzito," ridacchiò e aggiunse, "non riderai presto, ragazzo. Hai già prestato servizio a una festa?"

"No, questo è il mio primo giorno con Lucy." ho risposto

Schiaffo... questa volta la sua mano si posò sulla mia bocca.

"Non era niente in confronto a quello che verrà. Ti chiameremo solo signora Lucy, a meno che non sarai in pubblico. Capisci?"

"Sì, schiava Cindy." Ho risposto e ho annuito con la testa per indicarlo.

Poi ha afferrato l'anello a D sul lato sinistro del mio collo e ha mostrato la sua forza, tirandomi fuori dalla macchina in modo rapido e rude e tenendo l'anello all'altezza della vita mentre chiudeva la portiera.

Mi ero dimenticata del tappo nel sedere, che cominciava a farmi un po' male, e ho emesso un gemito per indicarlo, cosa che ha fatto sì che Cindy scuotesse il collo solo per dirmi di smetterla.

Mentre mi strofinavo contro di lei, ho sentito la sua morbidezza, ho annusato il suo profumo e per un secondo ho pensato di saltarle addosso, ma uno strattone al collo ha scacciato quei pensieri dalla mia mente.

C'era una porta sul retro del garage, la aprì e mi fece entrare.

Entrammo in quello che sembrava un ripostiglio con tosaerba e simili da un lato e una palestra di casa dall'altro.

C'era una finestra che dava su un giardino molto grande, bellissimo e privato, che presto avrei scoperto, occupava tutto il retro della casa e della proprietà.

Era estremamente privato e si affacciava sul lago dal loro patio, che era a circa dieci metri sopra la riva.

Non ci sarebbe stato un vicino lontano che potesse sentire qualcosa.

"Piegati e metti le mani sulla panca", ordinò e poi ordinò ancora, "allarga le gambe a un metro di distanza".

Una corta catena con gancio di sicurezza era attaccata al colletto per ricordare di non muoversi.

Cindy poi ha allontanato ulteriormente le mie gambe e ha slacciato la parte posteriore dell'imbracatura per darle accesso al plug anale.

"Ti ho visto al negozio di liquori al centro commerciale," gli ho detto.

Schiaffo... schiaffo... schiaffo.

Cindy mi ha messo forte la mano sul sedere.

"Stronzo, le nostre vite private sono le nostre vite private e non dovrebbero mai essere discusse in nessun tuo incontro con nessun

Amante o in nessun incontro del Gruppo del Piacere del Dolore. Lo capisci, Peter?"

"Sì, Cindy, capisco. È quello il gruppo di stasera, Pleasure of Pain?"

"Si chiama così, Piacere del Dolore, e non dovresti mai prenderne nota o menzionarlo nella tua vita privata."

All'improvviso... "Agggggggggg," gemetti mentre lui tirava fuori il tappo senza preavviso.

"Voi novellini non capite mai bene," disse mentre mi teneva il berretto davanti alla faccia. "Dovrebbe entrare prima nella sacca dell'imbracatura e poi nell'ano. Così."

"Aggggggg"...cavolo...lo ha speronato apposta, ho pensato.

Dopo aver allacciato nuovamente l'imbracatura, nel modo più brutale possibile, la schiava Cindy ha liberato la catena dal mio colletto e mi ha sollevato.

Guardando l'orologio disse:

"Non abbiamo più tempo a disposizione a causa della tua stupidità. Prendi due manubri da venti libbre e fai flessioni finché non ti dico di fermarti."

"Eh," risposi, dato che non lo capivo affatto.

"Imbecille, dovrei fare tutto per te?"

Poi si è avvicinato a una rastrelliera, che si trovava sotto la finestra, ha tirato fuori due pesi da venti libbre come se fossero piume e ha fatto delle flessioni per me.

Potevo sentire il mio viso diventare rosso per la stupidità dei miei commenti.

Una volta che mi ha dato i pesi, ho subito iniziato a fare le flessioni ordinate, ma mi chiedevo perché lo stessi facendo.

"Perché diavolo sto sollevando pesi? Pensavo di essere qui per una festa?" dissi a Cindy mentre si allontanava da dove mi trovavo.

Che bel culo che ha.

Può essere un po' paffuta, ma scommetto che è una paffuta fantastica, ho pensato.

Si fermò, si voltò a guardarmi e disse:

"Sei stupido o cosa? La tua padrona vuole presentare il suo nuovo schiavo stasera e si aspetta che il suo schiavo abbia un corpo perfettamente tonico. Faresti meglio a dare un bello spettacolo stasera, Peter o non ti verrà concessa la piena appartenenza al Gruppo ." .Capito? E smettila di guardarmi! Anch'io sono la schiava di Mistress Lucy."

Accidenti, un'altra puttana sottomessa, ho pensato.

Mentre continuavo a lavorare sul mio corpo, cercando di riportare in vita addominali e pettorali, Cindy ha tirato fuori un grande telo blu da un armadio e lo ha posizionato al centro della stanza, sul pavimento, proprio di fronte a un garage. porta. al cortile.

Si diede da fare mettendo due bottiglie davanti al telone, poi una tonnellata di corda su entrambi i lati e poi dall'altro lato della stanza, sollevò quello che sembrava un grosso pezzo di legno dal pavimento e lo posò a terra .

Il retro della tela.

Potevo dire che non era leggero perché all'inizio mi sembrava di lottare un po' con esso, ma ha dimostrato quanto fosse forte raccogliendolo facilmente una volta che ha preso il controllo.

Dio, mi sta prendendo in giro, ho pensato.

Una bellissima donna completamente disponibile e con una forza incredibile.

Stavo iniziando a rallentare il mio allenamento sia per la mancanza di allenamento sia per la concentrazione sul legno che Cindy aveva posizionato sul tappetino.

Non era ruvido, ma sembrava che fosse stato levigato e rifinito con una vernice.

Un grosso bullone al centro di una superficie era l'unica cosa che disturbava la levigatezza del pezzo, che sembrava fosse lungo quattro pollici per quattro e lungo circa sei piedi.

Una volta che Cindy ebbe tutto a posto, si avvicinò a me e mi guardò lottare con i pesi, che sembravano già pesare circa dieci volte di più di quando avevo iniziato ad allenarmi.

Lei rise e mi passò delicatamente una mano sul petto e sugli addominali.

"Mmm... va bene ragazzo. Sei pronto a fermarti?"

"Oh per favore, sì, non posso più farlo. Mi sento come se le mie braccia fossero pronte a cadere e i miei bicipiti stanno bruciando", ho risposto.

"Ah ah ah... Ok, fermati! Metti giù i pesi e mettiti al centro del tappeto, di fronte alla porta. ORA!"

Posai delicatamente i pesi e saltai al centro del tappeto.

Stando lì, potevo vedere i giardini poiché la porta aveva 2 piccole finestre.

Maledizione, riesco persino a vedere il Maine dall'altra parte del lago.

Fuori sembrava una giornata calda e bella, ma la stanza era dotata di aria condizionata e ci impediva di sudare.

"Apri le braccia, troia, e allarga le gambe! Mantieni quella posizione e non muoverti!"

"Devi insultarmi, Cindy? Non potresti chiamarmi semplicemente Peter?"

"Ti sto solo preparando mentalmente per essere il ragazzo della festa e davvero non apprezzo che qualcuno cerchi di rubare la mia Padrona," rispose prendendo una delle bottiglie.

Oh, è gelosa!

Si avvicinò dietro di me e cominciò a strofinarmi il contenuto della bottiglia sulla schiena.

Cristo, puzza di piña colada, mi dissi mentre quelle mani morbide continuavano a massaggiarmi la schiena.

Poi hanno trovato le mie natiche e lei me le ha pizzicate con una risatina.

Poi ha continuato ad abbassare le gambe fino in fondo.

"Nel caso te lo stessi chiedendo, schiavo, la nostra Padrona pensava che avresti fatto una bella figura sugli altri se fossi stato tutto oliato ed è quello che mi sto mettendo addosso adesso ed è un bel assaggio dell'estate, non è vero?" pensi? Mmm... la tua pelle è bella, morbida e liscia. A loro piacerà... mmmmm"

Poi ha coperto completamente le mie braccia tese con olio fino alla punta delle dita.

Dopo averla strofinata sui lati del petto, la bottiglia è stata svuotata e lei ha preso la seconda.

Questa volta si strofinò delicatamente sui miei muscoli del petto appena tonificati e potevo vedere lo sguardo nei suoi occhi e sapevo che mi voleva.

Saltando sul mio cazzo e sulle palle, mi ha finito le gambe e poi si è inginocchiata e ha afferrato forte il mio cazzo, stringendolo fino a farmi gemere.

Poi ho visto le sue labbra sul mio membro mentre succhiava leggermente la punta.

Era semplicemente il movimento normale di un maschio arrapato mentre le mettevo una mano sulla nuca mentre il mio cazzo diventava duro e glielo mettevo in bocca.

La sua reazione è stata rapida, mordendomi il membro e colpendomi le palle con la mano destra.

Tutto quello che ricordo era che urlavo più forte che potevo: Oh merda! alcune volte e poi senti il telefono squillare.

Mentre io rimanevo accovacciato con le mie mani private, Cindy rispose al telefono.

"Sì, signora, mi dispiace, signora. Ha provato a farmi sesso orale mentre lo ungevo. Sì, signora, dirò di sì, lo faremo. Sì, signora ." è quello che gli ho sentito dire al telefono.

"Ebbene, Peter, le Signore non sono contente di tutto il rumore che hai fatto e, di conseguenza, riceverai settantacinque frustate invece delle sessanta che meritavi il giorno prima. E la cosa migliore è che ne darò quindici." quelli per la tua esibizione da ora, quindi urla ancora se vuoi. Quando lasceremo questa stanza per la festa, la padrona vuole il tuo cazzo di cazzo duro come una fottuta barra d'acciaio e vuole che tu combatta mentre ci avviciniamo. Capisci? schiavo?

"Sì, capisco," sbottò mentre guardavo il mio cazzo e le palle doloranti.

Dai.

Alzarsi.

Rafforzarsi.

Ho provato a farlo erigere, ma non ho avuto molto successo.

Cindy si inginocchiò davanti a me e fece scorrere delicatamente le sue mani morbide e unte sul mio cazzo e sulle palle per quello che sembrò un minuto o due.

Solo guardarla mentre mi ungeva dappertutto e farle accarezzare il mio membro riportava la vita lì.

Sembrava sollevata mentre finiva di oliare il mio corpo e posava la bottiglia.

"Inginocchiati, ragazzo! Presto, siamo quasi in ritardo!"

Mentre lo facevo, lei mi andò dietro e su quel pezzo di legno cominciò a legare pezzi di corda in diversi punti, così che c'era circa un piede di corda che pendeva da entrambe le estremità di ciascuna corda in ogni punto, di cui ne contai otto come Mi sono guardato alle spalle per vedere cosa stava succedendo.

Poi, sollevando il legno, grugnendo per il peso, lo sollevò all'altezza della mia spalla.

Era un giogo! Doveva essere trattato come un pezzo di carne.

"Inclina leggermente la testa da schiavo e allunga le braccia verso di me. Potrebbe sembrare pesante, quindi preparati."

L'ho fatto e ho subito trovato il peso così scomodo e così instabile che il pezzo si è ribaltato e l'estremità sinistra si è posata sul pavimento.

"Oh, per l'amor di Dio, Peter! Sei debole o cosa? Sei un fottuto deficiente, vero?"

Ha legato rapidamente la corda attorno alle mie braccia iniziando con la corda più vicina al mio busto sul lato destro finché tutte e 4 non sono state strette attorno al mio braccio.

Ho provato a torcere il braccio per liberarlo, ma l'unico movimento disponibile era quello della mano.

"Ora, fai attenzione ogni volta che metti indietro la testa, ragazzo, perché c'è un bullone nel legno immediatamente dietro la tua testa. Ora allarga le ginocchia così posso bilanciarlo!"

Mentre obbedivo, andò sul lato sinistro e, tenendo il legno e il braccio sotto di esso, lo tirò fuori e lo mise in equilibrio sulle mie spalle.

Poi ha legato la corda che teneva le mie braccia in posizione in 4 diverse sezioni simili sul lato destro.

Oh merda, fa male, ho pensato mentre ne sentivo tutto il peso, così come il tappo anale, che era tornato in vita e probabilmente mi stava lacerando le viscere.

Gemevo e gemevo un po', cosa che sembrava deliziare l'Amazzonia.

"Va bene, vediamo se posso aiutarti ad alzarti da solo, invece di usare il montacarichi." Ha detto mentre iniziava a mettermi a sedere e poi ho seguito il suo esempio risistemando le ginocchia e poi alzandomi in piedi.

Ignorando il dolore sia dentro che dentro di me, mi alzai.

Haha, chi è il debole adesso, stronza?

Cindy prese di nuovo la bottiglia d'olio e poi si premette contro di me in modo che potessi sentire le sue enormi tette contro il mio corpo e presto il mio cazzo cercò qualsiasi parte di lei.

"Mi porti a casa più tardi, Peter? Ho bisogno che tu mi porti e ne farò valere la pena."

Voleva dire questo o sta giocando con me?

Non aveva importanza perché aveva l'effetto desiderato di rendermi duro ed eretto al punto che sapevo che era l'erezione più dura che avessi avuto tutto il giorno.

Poi ha toccato leggermente tutto il mio corpo per assicurarsi che tutto fosse a posto.

Dopo essere venuta sul mio cazzo, Cindy gemette per quello che vide.

Poi posò la bottiglia e andò a cercare la corda.

Aveva due anelli di corda arrotolata, che mise su entrambi i lati.

Non era come la spessa corda di nylon che teneva ferme le mie braccia, ma più piccola come una corda stesa da bucato.

Per due volte, con tutta la sua forza, legò un'estremità di ciascuna corda arrotolata a uno dei miei pollici, stringendo i nodi finché non gemetti ogni volta che lo fece.

Srotolò ogni sezione della corda e la tenne come redini.

"Ora, quando ci chiameranno alla festa, ti tirerò verso di loro e voglio che tu combatta per le Ladies, ma non così forte da farti cadere. Vogliamo che tu combatta in modo che tutti si entusiasmino. Capisci Peter? Oh, merda, quasi me lo dimenticavo."

"Sì, Cindy, capisco. Sono l'animale selvatico al guinzaglio." ho risposto mentre la guardavo correre verso un armadietto da cui ha tirato fuori un pezzo di catena e, no, cazzo, manette d'acciaio.

Si tirò un elastico che teneva la chiave del braccialetto sul polso destro mentre correva verso di me.

"Svelto Peter, unisci i piedi!" Ha ordinato e sapevo che lo spettacolo stava per iniziare.

Si accovacciò e mise le manette su ciascuna caviglia, bloccandole in posizione.

Il clic prodotto da ciascuna serratura sembrava forte come un urlo.

Quando si è inginocchiata davanti a me, ha messo il mio cazzo in bocca e ha succhiato forte per alcuni secondi che avrei voluto durassero per sempre.

"Era per tirarti su di più il morale," disse toccandomi il corpo con l'olio che prese in bocca.

Proprio mentre si alzava, la porta del garage si aprì e una folata di aria calda colpì i nostri corpi.

Cindy aggiustò il pezzo di stoffa rossa che cercava di coprirle la figa senza molto successo e si assicurò che la sua collana fosse allineata correttamente.

"Pronto, Pietro?"

"Facciamolo, dannata stronza!" Ho risposto.

Mi guardò male e poi prese le due corde legate ai miei pollici, le strinse e mi trascinò fuori lottando sotto il sole pomeridiano.

CAPITOLO IV

"Dannazione... Smettila di tirare così dannatamente veloce," sussurrai a Cindy.

Poi le redini del mio giogo si allentarono e notai che Cindy si era fermata mentre girava a sinistra verso la Fiesta e stava guardando i tre maschi che si avvicinavano, ciascuno con un rotolo di corda o cinghie di cuoio.

Erano nudi, fatta eccezione per un piccolo perizoma di cuoio che copriva le loro parti intime.

Tutti e tre avevano più o meno la mia taglia ed età e ognuno indossava anche una collana identica a quella che indossavo io.

"Lo porteremo fuori di qui, schiava Cindy. Devi fare rapporto immediatamente allo schiavo Ken," disse uno di loro.

"No, non è ancora pronto per questo. Peter, non lo sapevo! Corri! Vattene da qui! Adesso!" Cindy mi ha implorato.

Cominciai a voltarmi per andarmene, ma due degli schiavi maschi mi avevano già raggiunto e avevano afferrato la corda attaccata ai miei pollici.

Anche se con la catena incastrata ai piedi non sarei riuscito comunque a fare cinque passi.

In lontananza, ho notato un gruppo di donne che osservavano attentamente la situazione in cui mi trovavo e in testa al gruppo c'era Mistress Lucy.

Poi ho realizzato che Cindy stava camminando, no, scappando a testa bassa e penso che stesse piangendo.

In cosa mi sono cacciato?

Che idiota sono.

Poi la mia situazione e chi mi ha avuto mi ha riportato alla realtà.

"Saluti, schiavo Peter, io sono lo schiavo James e questi due signori sono gli schiavi Bob e Frank. Per favore, non darci problemi, Peter, e poi non ci saranno problemi per te."

"Perché non te ne vai a quel paese? Lasciami in pace! Niente di tutto questo è stato discusso con la signora Lucy, quindi me ne vado da qui," ho urlato a quello di nome James.

"Tenetelo stretto," disse James agli altri senza nemmeno guardarmi.

Poi ha afferrato l' asta del mio pene che era tutt'altro che eretto, lo ha tirato con forza e ha fatto scivolare un nodo di piccola corda che si stringeva proprio dietro la testa.

Poi ha tirato la corda così forte che ho lanciato un lungo, forte grido.

"Ti fa male, bastardo, toglitelo, toglitelo!" Ho urlato e lottato con tutte le mie forze.

Quando l'ho fatto, ho guardato attraverso il prato e ho notato che le donne guardavano mentre bevevano un bicchiere di vino.

Sembrava che ci fossero altri schiavi nudi, probabilmente come servi, e anche loro osservassero tutto.

"Per tua conoscenza, è stata la signora Lucy a ordinare questa situazione. Dovresti sentirti orgoglioso, dato che questo non è mai successo il primo giorno e se la supererai, diventerà membro a tutti i diritti del Gruppo Elite. Ora, tu divertirà e accontenterai gli altri combattendo. Consideraci come tuoi fratelli schiavi che sono qui semplicemente per aiutarti stasera, ah ah. E siamo davvero dispiaciuti per quello che sta per succedere. Ok, ragazzi, togliete la corda dai vostri pollici e metti le cinghie sul colletto. Devo prendere il novellino e, a meno che non voglia perdere la punta del cazzo, si comporterà bene."

Oh Dio cosa ho fatto?

Cosa mi farai?

Ho guardato ciascuno dei miei rapitori sperando che li facesse sentire una merda, ma tutto quello che ho fatto è stato farli arrabbiare e loro hanno tirato le cinghie che ognuno di loro aveva su di me.

I tre si guardarono, annuirono e si voltarono verso le Signore, cadendo su un ginocchio, a testa bassa, tenendo ciascuna il guinzaglio in aria con la mano destra.

Ho guardato i miei tre rapitori e mi sono chiesto cosa diavolo stesse succedendo.

James era davanti a me con in mano la cinghia del colletto e Bob era alla mia sinistra con Frank alla mia destra, ciascuno con le cinghie del colletto.

A circa trenta metri in linea retta, sotto un grande tendone per proteggerle dal sole cocente, le Signore avevano allestito una fila di sedie con due di loro davanti occupate dalla signora Lucy e da un'altra donna afroamericana.

Tutte le donne indossavano un semplice abitino nero simile con accessori dorati e stivali neri.

La donna accanto a Lucy si alzò, si voltò e indicò una schiava inginocchiata, facendole cenno di avvicinarsi.

Una schiava alta, ben abbronzata e oliata, con lunghi capelli neri e lisci si alzò e rimase con la testa chinata davanti a Mistress Lucy e alla signora nera.

Ognuna delle due signore gli diede un oggetto che lui teneva in ciascuna mano e poi si voltò e venne verso di noi.

Oh Dio, anche lei è bella, ho pensato, e paragonandola a Cindy, ho notato che aveva la stessa altezza, ma in condizioni molto migliori, il tutto accentuato dalla sua pelle abbronzata e oliata.

Poi l'ho riconosciuta.

Era consulente legale per la tribù indiana locale della Prima Nazione ed era lei stessa una nativa americana.

Guardandomi intorno, mi sono reso conto che solo questa donna, alcuni schiavi inginocchiati e io eravamo unti.

Nessuno dei miei rapitori lo era.

"Oh merda, amico del cazzo. Sono Angela. Ti taglierà le palle se le fai passare un brutto momento," disse Bob.

"Mi dispiace, Peter, ma è meglio che tocchi a te piuttosto che a noi," disse James, con anche Frank d'accordo.

Ho guardato la donna che si avvicinava a noi con aria sicura e un sorriso sul viso.

Indossava anche un pezzo di stoffa rossa, che cercava di nasconderle l'inguine ma non copriva nulla, e una catena d'oro che la teneva attorno ai fianchi e nient'altro, niente scarpe né orecchini, e si truccava anche molto come Cindy.

Notai che nella mano destra teneva una frusta marrone e nella mano sinistra c'era qualcosa che non potevo vedere.

Mentre si avvicinava, ho iniziato a indietreggiare e poi ho iniziato a lottare con le cinghie attaccate, costringendo i miei tre rapitori ad alzarsi e tenermi in posizione tirandomi indietro.

"Lasciate andare quelle maledette corde, bastardi. Lasciatemi andare! Lasciatemi uscire di qui! Per l'amor di Dio, ragazzi, adesso mi lascerete uscire."

L'ho gridato più forte che potevo e mi sono accorto che Angela stava correndo verso di noi, i capelli neri che danzavano dietro di lei e quasi ci avevano già raggiunto.

Il sole caldo sembrava abbagliare la sua pelle unta, il che era una cosa sciocca a cui pensare invece di cercare una via di fuga dalla mia situazione difficile.

"Apri la tua boccaccia, ragazzo," disse con voce forte e profonda mentre mi afferrava il braccio sinistro, "Non vogliamo che i vicini sentano adesso, vero?"

"Vaffanculo puttana nera, voglio uscire di qui adesso!"

Ho subito capito che non avrei dovuto dire nulla, soprattutto a causa dei nomi dispregiativi sulla sua origine africana, ma lei si è limitata a sorridere ai miei commenti.

"Continua così e sei morto, maledetto pezzo di carne," mi sussurrò all'orecchio sinistro. "Adesso apri quella dannata bocca, ragazzo," urlò mentre annuiva a James.

Il dolore di una forte trazione sulla cinghia del pene e il fatto che Angela mi tirasse indietro la testa per i capelli così che la mia testa colpisse il bullone nel legno mi hanno fatto urlare con la bocca aperta.

Fu allora che mi mise in bocca un grosso pezzo di cuoio intrecciato, che immediatamente piegò dietro la mia testa formando un nodo il più rozzo possibile.

"Come sta questa puttana?" abbaiò.

Come meglio ho potuto, ho risposto attraverso la gag e ho detto:

"Vaffanculo, puttana disgustosa! Toglimi quella cosa di dosso! Voglio andarmene di qui," e sebbene la mia risposta suonasse come... Hmphhh... hmphhh... hmphhh, il significato le era chiaro ... mentre la sua mano aperta si stringeva a pugno mentre cercava di controllare la situazione.

"James, dammi la cinghia e poi prendi i tuoi due amichetti e le loro cinghie e vattene a fanculo, Mistress Lucy e Mistress Samantha hanno cambiato idea riguardo all'intrattenimento, per essere onesti nei confronti di Peter di questo non se ne è mai parlato." con lui." ordinò Angela.

"Ma io..." balbettò e ci ripensò.

Fece un cenno ai suoi due assistenti ed entrambi iniziarono a camminare verso il resto del gruppo.

Angela si è rivolta al gruppo di signore e ha alzato il braccio sinistro con la mano aperta per indicare 5 minuti.

Poi si è rivolto a me e ha afferrato l'anello a D sulla parte anteriore del mio collo, lo ha tirato e mi ha trascinato nel ripostiglio che avevo lasciato pochi minuti prima con Cindy.

Mi rimise sul tappetino e andò verso un armadio per prendere un'altra bottiglia di olio per il corpo, che portò indietro e si fermò di fronte a me.

"Ora Peter, ci restano solo pochi minuti, quindi permettimi di aggiornarti. La tua Padrona ha alzato la posta, per così dire, e ti ha offerto come suo biglietto per passare rapidamente allo stato Elite nel

Piacere del Dolore. Hai sentito di questo? Beh, comunque chi se ne frega di quello che pensi? Hai accettato di essere suo schiavo, Peter? Hai accettato di partecipare alla festa come suo schiavo? Dimostralo annuendo se è vero!"

Ho annuito sì.

"Bene, questo è tutto. Temevo che la tua paura potesse essere reale, ma hai firmato un contratto con Lucy e, per ora, non posso farci niente. Ma pagherai per i tuoi sfoghi, e ti farò rispettare il contratto con la tua Padrona, sai chi sono?

Ho annuito di nuovo, così lei ha sciolto la corda dalla testa del mio pene.

"Ecco, non avrò bisogno di quella cinghia. Immagino che quei tre deboli abbiano pensato che avrebbe impressionato; dev'essere una cosa da uomini. Ti fa sentire meglio, Peter? Ti piace portare tutto il peso del giogo sulle spalle? Quella è stata una mia idea, una volta che mi hanno parlato delle tue caratteristiche fisiche. Spero che ti abbia fatto molto male, perché i commenti che hai fatto su di me mi hanno ferito e ti verranno ricambiati."

Sembrava divagare facendomi domande, ma senza mai aspettarsi una risposta perché era imbavagliato o scuoteva la testa, quindi ho pensato che fosse meglio restare così e non fare nulla.

Mentre parlava, ha slacciato l'imbracatura che indossava e mi ha tolto lentamente la spina dal sedere, ma non ha mostrato alcuna preoccupazione nel rimuovere le mie palle e il cazzo dall'anello, cosa che mi ha fatto urlare e mordere il bavaglio.

Una volta staccata la spina, gettò tutto sul tappetino.

Le sue mani morbide correvano sul mio culo, sulle palle e delicatamente sul mio cazzo, che era più che allentato rispetto alla cinghia che gli era stata attaccata.

"Questo ti fa sentire meglio, Peter?" lei chiese.

Ho annuito alla sensazione affermativa mentre i miei muscoli si rilassavano una volta rimossa la spina.

Lei rise piano e disse:

"Bene, va bene, quindi faresti meglio a godertelo finché puoi perché ho qualcosa di un po' più sinistro in programma per lo spettacolo. E a proposito di ciò, è meglio che andiamo o siamo entrambi su Adesso, Peter, solo per fermarci. " Per quanto sai, la frusta che ho è fatta di betulla, che fa molto rumore, ma poco danno, ma le fruste che altri useranno su di te sono principalmente fatte di pelle di vitello oliata e causano notevole dolore, quindi fai attenzione Ma i due tipi non lasceranno segni permanenti sul tuo corpo.Mi obbedirai per il resto della notte, poiché ti sarà più facile e non dimenticherai il contratto che hai fatto con la tua Padrona.La prima cosa che farò vi presenta le Ladies, la maggior parte delle quali ricoprono alte cariche pubbliche o professionali e, per il momento, desiderano mantenere segreta la propria identità e partecipazione. A capo di questo Show c'è Lady Samantha, che è seduta accanto a Lady Lucy e deve essere obbedito al 100%.Con lei non c'è spazio per errori, basta fare quello che dice Peter. Hai capito Pietro? "

Annuii di nuovo e, mentre lo facevo, vidi Angela toccare l'olio sul suo corpo e, una volta che fu sulla sua pelle abbronzata, sembrò illuminare la stanza.

Il mio debole membro cominciò a rivivere riflettendo il piacere che vidi negli occhi della bella donna davanti a me.

Poi è venuto da me e ha iniziato a spalmarmi l'olio su tutto il petto, i capezzoli e gli addominali.

Poi ha afferrato il mio membro e ha iniziato ad accarezzarlo finché non ha sentito che l'erezione sarebbe durata per un po'.

"È un peccato non averti trovato prima di Lucy o che non sia io quella che cerca l'adesione oggi, dato che tutte le donne che entrano nel Piacere del Dolore devono entrare come schiave di una Mistress finché non trovano uno schiavo maschio." e femminile perché io li servi. Avresti voluto essere mio schiavo, Pietro?

Non sicuro della risposta che stava cercando, ho annuito e poi la sua mano destra mi ha schiaffeggiato la guancia sinistra 3 volte più forte dell'altra.

Poi si è messa rapidamente dietro di me e mi ha costretto ad affrontare la porta aperta.

"Maledetto maiale! Non stai dimostrando lealtà verso la tua Padrona o stai solo cercando di compiacermi? Che idiota sei, Peter! Adesso siamo pronti a procedere e tu seguirai i miei ordini verbali senza dover usare il guinzaglio e fai non provare nulla per anticipare cosa accadrà o quale direzione prendere. Se disobbedisci o non fai un bello spettacolo, userò il manico della mia frusta e davvero non penso che tu voglia che lo faccia fallo, perché se lo faccio lascerà un segno indelebile. Pronto ragazzo! Vai avanti!"

Proprio mentre mi chiedeva se ero pronto , la frusta mi ha dato uno schiaffo sul sedere che ha fatto il forte rumore promesso ma una puntura sorprendentemente piacevole che deve aver soddisfatto il mio cazzo mentre si alzava ancora più forte di prima. .

Poi, quando eravamo fuori dall'edificio, altre tre frustate si sono abbattute pesantemente sulla mia schiena facendomi male, facendomi urlare con il bavaglio e costringendomi a indietreggiare, ma senza voltarmi.

Questa azione mi ha portato solo un altro colpo alle natiche e poi mi ha ordinato di girare a sinistra.

Una volta fatto ciò, mi ha detto di scappare, cosa impossibile dato che ero incatenata, ma Angela sembrava non farci caso e ha continuato a sculacciarmi sulla schiena, sul sedere e sulle cosce mentre io continuavo a dibattermi e a urlare nel bavaglio.

"Muoviti direttamente verso Mistress Lucy," ordinò.

Tra un colpo e l'altro alzavo lo sguardo e allo stesso tempo guardavo il pavimento alla ricerca di eventuali difetti, poiché non volevo scivolare, e quando vidi la mia Padrona, mi diressi verso di lei.

Stava parlando con una Mistress nera accanto a lui, alla sua sinistra, che immaginavo fosse Mistress Samantha e che sembrava essere d'accordo con l'approvazione della schiava prescelta di Lucy, me.

Avvicinandomi ho notato una struttura in legno alla mia destra.

Una forca?

Oh merda.

"Alzati, schiava," ordinò Angela quando fu a 5 passi dalla mia padrona Lucia.

Poi si è spostata al mio fianco e ha dato un duro colpo al mio cazzo ancora eretto.

"In ginocchio quando sei davanti alla tua Padrona!"

Caddi in ginocchio e subito ricevetti altre tre frustate pesanti sulla schiena che mi facevano male, ma mi davano più piacere di prima, ma non riuscivo a capire né vedere il mio pene eretto.

Ho sentito l'ordine, che credo fosse di Angela, di abbassare la testa fino a toccare terra e di tenerla lì.

Mentre lo facevo, il peso del pezzo di legno sulla mia schiena mi fece urlare e ricevere un altro colpo.

Poi tutto tacque per un periodo di una decina di secondi che sembrò durare un'eternità e una voce che supponevo fosse Mistress Samantha per la sua vicinanza e voce autorevole, cominciò a parlare.

"Signore, benvenute a questo incontro speciale del Pain Pleasure Group. Siamo qui per riconoscere ufficialmente Lucy come il nostro nuovo membro d'élite e ci congratuliamo con lei per la sua scelta dello schiavo, che sono sicuro le farà molto piacere. State tutte benissimo "Signore, così unte e pronte per le nostre fruste? Lucy, c'è una questione in sospeso sulla disciplina degli schiavi che so che ora risolverai. Cosa hai scelto?"

"Grazie, padrona Samantha, per tutte le tue gentili parole. Dimostrerò a tutti che, come vero dominante e professionista, sono e sarò un leader di tutti gli uomini, tutti inferiori a noi. Schiavo Peter! Ha scelto il suo prima punizione da sospendere alla tua prima partecipazione. Verrai presentata a ciascuna Mistress presente e ai suoi frustini, iniziando da Mistress Samantha per finire con me stessa, per un totale di undici lezioni. Seguirà la finale, che vedrà solo che lo chiamerò Il Tormento Finale, poiché è qualcosa di nuovo che io e Angela abbiamo creato. Tutti gli schiavi, tranne la schiava Cindy, andranno immediatamente nella sala d'attesa nel seminterrato poiché non potranno vedere la prima punizione del nuovo schiavo Pietro."

Quando la Dominatrice finì, sentii un mormorio di soddisfazione e di applausi, diverso dai primi suoni, che dovevano provenire dagli schiavi dietro ciascuna delle loro Padrone.

Nessuno ha mai avuto così tante lezioni, gli sussurrò uno schiavo.

La Padrona ha detto:

"Brava Lucy, che corpo fantastico ha il tuo ragazzo."

Non mi è stato chiesto né presumevo che mi fosse chiesto se accettavo l'intrattenimento programmato perché volevo essere il loro schiavo più di ogni altra cosa.

" Dai Peter, è ora che ti prepari a salutare tutte le Mistress!" ordinò Angela.

Ho provato ad alzare la testa, ma il peso del giogo sulle spalle e la stanchezza non me lo permettevano. Angela chiese alla schiava Cindy di venire ad aiutarmi, e le due presero un'estremità del giogo e mi sollevarono con facilità.

Quando mi alzai, mi guardai attorno e notai gli schiavi che se ne andavano e le Padrone che in gruppetti si intrattenevano con vino e antipasti e pensai quanto avevo bisogno di bere.

Ho guardato Cindy e ho sorriso attraverso il bavaglio cercando di far capire che non ero arrabbiato con lei per la sorprendente sequenza degli eventi.

Mi guardò negli occhi e poi mi strinse dolcemente il braccio.

Angela mi ha trascinato per un anello a D sul collo finché non mi sono trovato direttamente sotto il braccio teso della forca.

Stando lì, ho alzato lo sguardo e ho notato un cavo con attaccato un gancio di sicurezza, poi ho sentito un motore e ho visto il gancio scendere per finire proprio sotto la mia testa.

Cosa ha detto la signora?

Sospensione e partecipazione e qualcos'altro?

Devo prestare più attenzione.

"Cindy, slega le corde del suo polso e dell'avambraccio su quell'estremità del giogo e io lo farò su quest'altra estremità. Dobbiamo mettere le manette di sospensione sul ragazzo e poi la barra di sospensione davanti a lui. Una volta che è tutto fatto, lo farò." "Slegheremo e metteremo via il giogo di legno. Mistress Lucia non vuole perdere altro tempo." Ha detto Angela.

Poi mi hanno messo dei polsini di cuoio spessi ai polsi e ho capito a cosa servivano, dato che avevo controllato gli annunci fetish su Internet.

Una volta in viaggio, Angela sollevò davanti a me una pesante barra d'acciaio, lunga circa sei piedi.

Aveva catene con moschettoni a ciascuna estremità e un anello pesante al centro.

Cindy ha fatto scattare rapidamente i ganci di ciascuna catena nella parte superiore dei polsini che mi tenevano i polsi e una volta che la seconda è stata in movimento, Angela ha abbassato lentamente la barra finché non l'ho tenuta da sola.

Il peso extra sul mio corpo e sulle mie braccia mi ha fatto gemere forte nel bavaglio e ho notato che Lucy mi guardava e il gruppo con cui ero ha iniziato a sorridere e ridere.

Angela e Cindy si sono mosse velocemente per rimuovere il giogo, cosa che mi ha fatto sentire molto meglio e anche dopo aver sollevato la barra sopra la mia testa e messo l'anello sul moschettone ho sentito che la pressione veniva tolta dal mio corpo.

Angela mi si avvicinò e mi sussurrò in modo che nessuno, nemmeno Cindy, potesse sentire:

"Schiavo, ora ti toglierò il bavaglio e ti darò dell'acqua prima che vengano fatte le presentazioni. Se non ti comporti bene prima di notte, è finita, onestamente, e ti taglierò entrambi i capezzoli. Capito?"

Ho annuito con entusiasmo, dicendo di sì, mentre mi giravo verso di lei che voleva bere e trattenere i miei capezzoli.

Ho notato che la barra da cui pendevano le mie braccia ruotava con me mentre lo facevo e alzando lo sguardo, ho capito perché il moschettone aveva una parte girevole incorporata in modo che potesse ruotare in qualsiasi direzione.

Cindy allora mi tolse il bavaglio dalla bocca e, stando in piedi dietro di me, premette delicatamente i suoi seni contro la mia schiena, facendo uscire un gemito di piacere dalle mie labbra.

Grazie a Dio, Angela non aveva sentito né visto niente di tutto ciò, mi dissi.

Angela allora mi portò alle labbra una bottiglia d'acqua, della quale cercai di mandarla giù tutta, ma mi furono concessi solo pochi sorsi.

"Mi dispiace, Peter," disse Angela, "Ma posso darti solo qualche sorso altrimenti potresti avere un crampo o addirittura ammalarti. Oh, Cindy, fantastico, hai la barra di sollevamento per i suoi piedi. Prendiamola vai veloce, Peter. Ricorda quello che ho detto riguardo all'urlare."

Per prima cosa Cindy aprì la serratura dei miei piedi con la chiave che teneva in un braccialetto, poi le due ragazze afferrarono velocemente la sbarra, che doveva essere lunga circa un metro, e allacciarono una cinghia di cuoio a ciascuna caviglia.

Mentre ciò accadeva, sapevo perché Angela mi aveva ricordato di urlare, poiché non solo mi ero allontanato dal bar, ma ora ero sospeso dal pavimento in una posizione di aquila aperta che mi penzolava dai polsi.

Tutto quello che potevo fare era stringere i denti e gemere il più piano possibile.

Angela ha poi testato la mia situazione muovendosi lentamente da un lato all'altro e poi girandomi una volta per assicurarsi che la torsione funzionasse.

Quando mi affrontò davanti alle Mistresses, disse:

"Schiavo, ti inginocchierai prima di salutare ciascuna Padrona e avrai la testa chinata, gli occhi abbassati. La saluterai quando sarà di fronte a te e farai così 'Saluti, Padrona, sono lo schiavo di Padrona Lucy, Peter.' Poi lei ci ordinerà di farti stare su entrambi i piedi o in completa sospensione e poi ti presenterà formalmente con la sua frusta e altre cose. Tutte le Mistress hanno il permesso di farlo. Ti frusteranno quante volte vorranno, dalle spalle alle dita dei piedi, ai piedi, ma per il pene dovresti usare solo una frusta. Ricordati di non piangere Peter altrimenti saranno più duri con te. Capisci Peter?

"Sì, Angela, capisco," ho detto, ma avevo paura di chiederle cosa significasse "e altre cose".

"Schiavo, voglio che tu faccia una cosa per me. Supponiamo che tu sia appena stato colpito, gira a sinistra di mezzo giro. ORA!"

Ho dovuto provarlo alcune volte finché non ho capito bene perché sono andato troppo lontano la prima volta e poi non abbastanza lontano le volte successive o ho girato completamente.

Poi mi hanno messo in punta di piedi e hanno dovuto ripetere il processo finché non l'ho capito bene.

Mentre venivo istruito su questa tecnica di filatura, Cindy mi aveva messo davanti un tavolo e sopra c'erano flagellatori di vario tipo e colore e un grande acquario di vetro pieno di pinze di legno.

Angela poi fece cenno a Cindy di venire al mio fianco e poi Angela si diresse verso le Mistresses.

Cavolo, è così bella e lo sono anche Cindy e tutte le Mistress, ho pensato mentre Cindy ricominciava ad accarezzarmi il cazzo per tenerlo duro, immagino.

"Sii coraggioso Peter e presto tutto finirà. Ti amo Peter," sussurrò.

CAPITOLO V

Un brivido percorse il mio corpo mentre stavo lì in attesa del mio destino, tenuto fermo da Cindy mentre accarezzava dolcemente la mia virilità.

Ricordo che guardavo il lago e le barche a vela che tornavano a casa su un letto d'acqua sempre più calmo.

I primi pensieri della sera iniziarono a prendere piede e sapevo che sarebbe diventato buio tra meno di un'ora e mi chiedevo dove fosse finito il tempo.

"Preparati. Stanno arrivando", ordinò Angela a Cindy mentre tornavo alla realtà.

Non avevo notato il ritorno di Angela e quando mi sono voltato verso di lei, mi ha dato una forte pacca sulle natiche e si è lasciata sfuggire una risatina.

"Non vedo l'ora di vedere se ce la farai nella prossima ora, perché sarà meglio che tutte le donne siano calde e bagnate durante la tua esibizione. Ora Cindy, metti questa troia in ginocchio prima che siano qui. E Peter, ricordati quello che ti ho detto".

Il mio corpo a forma di aquila era appoggiato sulle ginocchia con l'aiuto di Cindy poiché non ero sicuro di come mettermi in posizione al meglio.

In ginocchio, tenevo la testa bassa, come aveva ordinato Angela, ma sapevo dalla visione periferica che avevo e dalle loro voci che ormai erano davanti a noi.

"Signore del Piacere del Dolore, offro il mio schiavo, lo schiavo Peter, alla vostra considerazione. Per favore, usatelo bene. Dopo aver completato la mia prova di uomo senza valore, ci sarà uno spettacolo speciale per voi che Angela ha così gentilmente preparato." "Lady Samantha , per favore, iniziate gentilmente la cerimonia."

Tutti erano in silenzio davanti a me e potevo sentire la signora Samantha mentre si avvicinava e anche mentre toglieva le pinze dalla ciotola.

Una delle signore disse allora sottovoce ad un'altra persona:

"Ah, la puntura, la metterà alla prova."

Mormorii affermativi durante tutta la riunione.

Quando fu davanti a me, le raccontai quello che mi aveva detto Angela:

"Saluti, padrona, sono lo schiavo Peter di padrona Lucy."

"Alza la testa e guardami, schiavo", ordinò.

Mentre alzava lentamente la testa, notai che nella mano sinistra teneva due mollette e nella destra una frusta di cuoio rosso scuro.

La frusta sembrava una frusta corta e intrecciata, ma all'estremità aveva una lunghezza aggiuntiva di nove code di cuoio grandi quasi quanto una corda, ciascuna annodata all'estremità.

"Che cazzo", ho pensato.

Per quanto ingenua fossi, sapevo che la frusta che aveva in mano non era quella del fustigatore che Angela aveva descritto.

Ho guardato Angela e lei ha sorriso in modo appena innocente e ha alzato le spalle.

"Quella puttana un giorno otterrà quello che sta cercando."

Sapevo che avrebbe fatto più male di quanto avevo spiegato in precedenza, ma avrei affrontato la situazione in ogni modo possibile per dimostrare ad Angela che potevo sopportarlo.

La padrona Samantha aveva visto questa interazione ed era scoppiata a ridere.

"Signore, sembra che a questo schiavo non sia stato detto tutto dello spettacolo di stasera, ma ha accettato di essere qui e questa sarà una bella lezione per lui. Aspettiamo uno schiavo disorientato!"

" Pietro, schiavo, sei d'accordo nel dire che sei subordinato a tutte le donne, che tutte le donne sono superiori agli uomini, che servirai e obbedirai a tutte le donne, non importa dove ti trovi, e che imparerai a sostenere il movimento del Piacere del Dolore ?"

"Sì, signora Samantha, sono d'accordo", ho risposto.

"Sai chi sono, schiavo, e cosa faccio?"

"Sì, signora. Lei ha il suo studio legale nel Maine di cui mi sono avvalso, ma ho trattato solo con il suo staff."

"La nostra partecipazione a questo Gruppo deve essere confidenziale. Capisci Peter e possiamo contare su di noi per mantenerlo segreto?"

"Capisco che io e la signora manterremo sempre tutto confidenziale."

"Hai assaggiato il dolce nettare di una dea nera, schiava, e desideri farlo?" lei chiese.

"Sì, signora Samantha, lo voglio."

Non appena ho pronunciato quelle parole, la mano che reggeva la frusta è andata alla nuca e l'ha spinta verso la sua figa in attesa che era stata esposta dall'altra mano mentre sollevava il vestito.

La mia lingua cercò immediatamente il suo clitoride, che era caldo e nuotava nei succhi sessuali, e mentre lo leccavo, lo sentii indurire e crescere.

Senza chiedere il permesso, ho girato leggermente la testa, ho aperto la bocca che circondava il suo sesso e ho cominciato ad assorbire tutto ad un ritmo crescente.

Per alcuni secondi mi ha sbattuto la figa in faccia e poi mi ha spinto violentemente.

"Ah, stronza", urlò e mi schiaffeggiò la faccia con la frusta. "Lucy, hai fatto molto bene... non solo il corpo di questa troia è fatto per servirci, ma credo che anche la sua mente sia pronta a servirci."

La padrona Samantha fece un passo indietro e, guardando la sua schiava, Angela disse: "Pronta", quindi consegnò le due mollette a Cindy.

Sono stato sollevato completamente da terra, completamente sospeso in questa posizione selvaggia dell'aquila distesa, di fronte alla testa di questo Pain Pleasure Group.

Ho notato che Cindy guardava pensierosa le mollette e poi ho iniziato a metterne una sul capezzolo sinistro e un'altra sulla sacca delle uova, provocando un gemito silenzioso dalle mie labbra.

Mentre ciò accadeva, ho guardato Samantha, che mi sembrava incredibilmente selvaggia, e ho sentito il mio cazzo diventare duro.

"Guardate, signore! Quella puttana mi sta già rendendo omaggio."

Subito dopo aver detto questo, mi ha colpito forte sulla coscia destra e poi ancora sulla sinistra, facendomi dibattere nelle catene, ma senza emettere alcun suono tra i denti serrati.

"Angela, girati, per favore," ordinò Samantha.

Angela poi mi ha sibilato nell'orecchio abbastanza forte perché tutti potessero sentirlo.

"Voltati, fottuta stronza, e fai presto."

Con tutte le mie forze mi sono voltato velocemente, il più dolcemente possibile, e intanto pensavo ad Angela e mi dicevo:

"Avrò quella stronza tutta per me."

Sicuramente potrebbe essere un po' più gentile in altre circostanze.

Una volta completato il turno, ho guardato Angela negli occhi e ho cercato di ucciderla senza molto successo.

Poi Samantha mi ha dato due forti frustate sulla schiena con la sua frusta e allora ho capito perché lo chiamavano il pungiglione.

Era come se ad ogni colpo potessi sentire le nove code della frusta entrare nel mio corpo, ma anche così avvertivo una sensazione di formicolio che sembrava quasi chiedere di più.

Quando la mia lotta interiore si è calmata, ho sentito Samantha dire: "Pronta, Angela?" e poi ho sentito il silenzio della folla di donne radunate lì vicino.

Abbassai lo sguardo e osservai Angela che si chinava verso di me e prendeva il mio cazzo eretto in bocca, lavorandolo finché non lo aveva proprio come lo voleva e poi alzava la mano destra.

In quel momento, il mio mondo è esploso con una serie di schiaffi violenti sulle mie natiche e i denti di Angela che mi stringevano il cazzo così forte che pensavo me lo avrebbe tagliato via.

Non ho urlato, ma i miei gemiti a denti stretti sembravano come se stessi masticando terra.

Mentre lottavo in questa posizione di schiavitù totale, Angela continuava a mordermi il pene finché Mistress Samantha non parlava:

"Angela, smettila subito. Verrai punita più tardi per questo sfogo. A cosa diavolo stavi pensando, donna?"

Poi mi sono alzato e, con l'aiuto di Cindy, mi sono rivolto al Gruppo e ancora una volta mi sono inginocchiato.

Abbassando la testa, la mia padrona parlò al gruppo:

"La prossima volta sarà la nostra ospite da fuori distretto, la signora Victoria, che ha contribuito a creare il nostro gruppo locale. Signora Victoria, per favore."

"Saluti, padrona, sono la schiava di Padrona Lucy," dissi mentre lei stava di fronte a me.

"Alza la testa, ragazzo! Sai chi sono?"

Quando ho alzato la testa, ho notato di nuovo le due mollette, ma questa volta la sua mano destra teneva una piccola frusta e il mio cuore ha avuto un tuffo, ma non ha preso la mia virilità, perché in qualche modo sono rimasto duro.

Ho guardato negli occhi una donna matura che era ancora estremamente bella e aveva il corpo di qualcuno molto più giovane.

"Lei è la signora Victoria. Ho scambiato e-mail con lei quando mi sono unita al suo gruppo di giochi di ruolo, ma non sono mai stata brava e ho rinunciato. Mi dispiace, signora."

Onestamente, speravo di non averla turbata mentre abbassavo la testa.

"Solleva e gira", mi ordinò Angela.

Per prima cosa ha consegnato le due mollette a Cindy, che, ancora una volta dopo averle guardate, ha alzato le sopracciglia e poi ha proceduto a metterle entrambe sul mio pene: sulla pelle su entrambi i lati delle palle alla base.

Poi sono arrivate cinque forti frustate sulla schiena e sul sedere mentre gemevo e lottavo contro le restrizioni.

"Eccellente, eccellente", dichiarò la signora Victoria prima che tornassi alla mia posizione inginocchiata.

E così avvenne, con punizioni diverse da parte di tutte queste potenti donne, ognuna di loro fu convocata dalla mia Padrona.

Da Nellie, insegnante di liceo, a Flora, attrice di soap opera, a Jane, dottoressa, a Jemina, insegnante di storia, a Rosie, artista di un Talent Show, a Laura , proprietaria dell'emittente televisiva che mi ha invitato alla sua isola...

C'erano due eccezioni che sottolineerò più in dettaglio, Clara, una conduttrice di un canale di notizie via cavo, e Celine, la ragazza del meteo sullo stesso canale.

Quando fu chiamata la signora Clara, si avvicinò, schiaffeggiando una grande frusta nera che le pendeva dalla coscia, e si fermò proprio davanti a me, quasi toccandomi la testa chinata.

"Saluti Padrona, sono lo schiavo Peter di Padrona Lucy," balbettai un po' tremante e spaventata mentre continuavo a schioccare la frusta sulla sua gamba sapendo che poteva vedere il suo giocattolo.

"Alza la testa, signore. Sapete chi sono?"

L'uomo lo disse in modo dispregiativo in modo che tutti potessero sentirlo .

Quando ho alzato la testa e l'ho guardata per la prima volta nella vita reale ho capito che era ancora più bella che in televisione.

Aveva un corpo ben levigato da morire e i suoi capelli erano attualmente biondo scuro lunghi fino alle spalle e da quello che aveva letto, il suo cervello superava la maggior parte degli uomini.

"Sì, signora Clara, lei è un punto di riferimento nel Cable."

Quando l'ho detto, ho notato che non prestava attenzione a nulla di ciò che dicevo, ma guardava invece Angela.

Ho girato la testa nella direzione di Angela e ho notato che stava guardando Clara, sorrideva e si leccava le labbra.

"Anche quella ragazza è una burlone, arrapata e appassionata di tutto," ho pensato ad Angela e ho riso forte ad alta voce.

Purtroppo la signora Clara ha pensato che stessi ridendo di lei e mi ha schiaffeggiato.

"Signora Lucy! Questo tuo maiale osa ridere di me. Cosa intendi fare?"

"Le mie scuse Clara. Angela, prendi le pinzette e mettile su quel bastardo. Adesso!" Lei ha ordinato.

Quando Angela andò al tavolo per prendere le fascette, chiese a Lucy quanto voleva che fossero strette e la risposta di Lucy fu:

"Quando non potrai più stringerli, saranno perfetti."

"Signora Clara, spero che questo incontri la sua approvazione," chiese Lucy.

"Alzatelo in punta di piedi!" disse Clara mentre dava le pinzette a Cindy.

Angela poi ha ordinato a Cindy di togliermi tutte le mollette dai capezzoli e di mettermele sul cazzo una volta che mi fossi messa in posizione.

Cindy non mi ha guardato negli occhi mentre le quattro mollette sono state rimosse e trasferite sul mio cazzo e poi le mollette di Clara sono state posizionate sulle mie palle.

A questo punto il mio pene era quasi completamente coperto su entrambi i lati dai perni.

Poi Angela, sorridente e amichevole, il cane ha fatto il suo lavoro con le pinze.

Ogni morsetto era costituito da due barre metalliche piatte con viti su ciascuna estremità che dovevano essere serrate a mano.

Dopo averli allentati, ha posizionato un morsetto su un capezzolo con una barra sopra e sotto, quindi ha chiesto a Cindy di tirare il capezzolo attraverso il morsetto mentre lo stringeva.

Una volta che furono entrambi trattenuti, mi sentii un po' sollevato perché solo Cindy che li tirava causava qualche tipo di dolore.

"Adesso li strizzo, stronza," disse mentre ci guardavamo.

Mentre li stringeva, il dolore diventava insopportabile.

Non avevo mai provato un dolore così forte, ma che fossi dannato, non avrei dato loro il piacere di urlare perché era esattamente quello che Angela voleva che facessi.

Clara mi ordinò di girarmi, cosa che apprezzai perché, dopo che tutte le mie fantasie televisive con lei erano state infrante dalla scoperta che preferiva il sesso opposto, non volevo vederla sculacciarmi e sentire l'umiliazione.

In realtà, la sua fustigazione era dolorosa ma emozionante.

È stato a causa della mia umiliazione?

Con Mistress Celine non siamo mai arrivati alla fase di sculacciata.

Dopo il suo approccio e la mia presentazione, ho guardato la sua bellezza e lei ha sorriso, e ho detto che la vedevo da anni ogni fine settimana mentre presentava il bollettino meteorologico locale e ho detto che ero innamorato di lei e pensavo che fosse fantastica.

"Vuoi provare con la tua ragazza del meteo, Peter?"

"Sarebbe un onore, padrona," ho risposto e poi ho messo la testa tra le sue gambe mentre lei sollevava il vestito.

Era calda e bagnata e aveva bisogno di un orgasmo.

La mia lingua lavorava duramente sul suo clitoride mentre lei spingeva il suo corpo contro il mio viso.

Quando era completamente gonfio, potevo trattenerlo con le labbra mentre la mia lingua ci scorreva sopra.

Non passò molto tempo prima che gemesse per l'orgasmo e i succhi d'amore mi coprirono il viso.

Poi fece un passo indietro, lasciò cadere la frusta e si avvicinò alla mia padrona e le chiese scherzosamente se poteva vendermi a lei.

Dopo aver fatto le presentazioni a ciascuna delle Mistress, mi sono inginocchiata con la testa chinata e sapevo che Mistress Lucy era davanti a me.

"Saluti, padrona Lucy. Sono il tuo schiavo, il tuo schiavo Peter."

"Alza la tua testa schiava"

Quando l'ho fatto, ho capito perché era lì quella notte, perché la sua bellezza era accattivante e l'amavo davvero.

Non aveva in mano alcuna pinza, ma nella mano destra teneva una piccola frusta, della quale capii subito a cosa serviva, dato che nella mano sinistra teneva un bavaglio.

"Bravo, schiavo. Il tuo processo sarà presto finito e le signore hanno acconsentito a lasciarti mettere il bavaglio così potrai urlare quando necessario per il resto della notte. Ora, Angela, metti il bavaglio sulla sospensione anteriore e stringilo bene." questo ragazzo "

Angela ha preso il bavaglio e senza alcuna gentilezza me lo ha infilato in bocca e ha stretto bene il bavaglio dopo avermi spinto la testa.

Le signore hanno guardato tutto questo, soprattutto quando mi ha aiutato ad alzarmi per le pinze e per la prima volta ho potuto urlare nel bavaglio.

Mi hanno lasciato in sospensione totale perché tutti potessero vederlo.

Quando ad Angela è stato ordinato di rimuovere le pinze, le signore hanno osservato con grande interesse la mia reazione alla rimozione di ciascuna pinza mentre urlavo e lottavo cercando di confortare i miei capezzoli.

Poi Lucy si avvicinò e si fermò di fronte a me.

"Per favore, Peter, mostra a tutti che sei mio schiavo. Adesso toglierò tutte le tue mollette con il mio giocattolino e non molto delicatamente. Tutti stanno osservando la tua reazione a quello che faccio, quindi facciamolo bene."

Annuii e chiusi gli occhi determinato a non urlare di nuovo mentre le code della frusta cominciavano ad atterrare dove era stata posizionata una molletta, ma la maggior parte erano sul mio cazzo e sulle palle.

Mi sono lamentato e ho lottato cercando di sfuggire alla frusta finché non si è fermata e ho aperto gli occhi davanti a una Padrona sorridente.

"Ben fatto, Peter", ha detto, rivolgendosi poi ai suoi ospiti. "Ci sarà un breve intervallo di tempo prima dell'esecuzione di The Final Sospensione. Potresti per favore accompagnarmi con un bicchiere di vino ghiacciato mentre le ragazze preparano l'intrattenimento finale della serata?"

"Di che diavolo sta parlando?" ho pensato.

La sospensione definitiva? Mi impiccheranno?

Poi mi hanno calato a terra e mi hanno detto di inginocchiarmi mentre Angela e Cindy si preparavano per cosa: La mia morte?

Ero troppo stanco per fare qualsiasi cosa, anche quando la pesante barra fu staccata dal cavo e posizionata dietro di me.

Quando ho guardato il mio cazzo, l'ho visto penzolare debolmente e sapevo che anche il Viagra non sarebbe stato di grande aiuto in quel momento.

Stupito, ho visto Angela e Cindy tirare fuori un tipo di motore, che hanno collegato al cavo e poi, dopo averlo collegato, lo hanno testato per assicurarsi che funzionasse.

Poi la barra che teneva le catene ai polsini è stata attaccata alla parte inferiore del dispositivo e il tutto è stato issato sollevandomi finché non sono stato nuovamente sospeso.

Questa volta, hanno allentato la barra di sollevamento sulle mie caviglie e l'hanno rimossa quando mi hanno abbassato in piedi.

Cindy poi mi ha messo delle pesanti manette di cuoio sulle cosce appena sopra le ginocchia e quando entrambe sono state allacciate saldamente, sono stata abbassata in posizione seduta.

Mi sentivo completamente insensibile e non temevo ulteriori tentativi di infliggermi dolore.

Una catena è stata quindi legata da ciascun polsino della coscia alla barra superiore e stretta finché non sembrava che fossi seduto con le gambe divaricate, mentre il cavo mi sollevava finché non ero a circa un metro e mezzo sopra il livello del suolo.

"Cindy, proviamolo prima dello spettacolo finale."

Angela ne parlò a bassa voce e poi afferrò un cavo elettrico collegato all'apparecchio sopra di me.

Quella che sembrava una sorta di scatola di controllo era collegata al cavo attraverso il quale Angela iniziò a far scorrere le dita.

Sono stato prima ruotato in senso orario e poi in senso antiorario facendo giri completi a varie velocità e poi anche spinto su e giù.

Soddisfatta, Angela ha ordinato a Cindy di preparare l'ultimo pezzo, che ho osservato dall'alto.

Trasportarono un pesante palo rotondo d'acciaio lungo più di un metro e mezzo in una posizione direttamente sotto di me e lo avvitarono in quello che pensavo fosse un foro di drenaggio incastonato nel cemento a livello del suolo.

Dopo essersi assicurata che fosse ben salda e che non si muovesse liberamente, Angela ha preso un cono di acciaio inossidabile da una scatola e ha iniziato ad avvitarlo sulla parte superiore del palo di metallo.

In quel momento, tutto questo stava accadendo direttamente sotto il mio corpo, quindi avevo una buona visione di ciò che stava accadendo e di ciò che pensavo sarebbe successo, il che ha dato inizio a una dura sessione di combattimento da parte mia, cosa che non volevo. parte di questo.

Angela ha immediatamente afferrato la base delle mie palle, ha strizzato e ha colpito la sacca che teneva, più forte che poteva con il pugno destro, facendomi urlare nel bavaglio perché tutto quello che ho visto erano lucide macchie nere davanti ai miei occhi.

"Smettila, Peter, o continuerò a colpirti finché non svieni. Capito?" chiese Angela.

Mi sono fermato, ma per due motivi, uno era la minaccia di Angela e l'altro era il fatto che il mio corpo era tutto esausto.

Non ne potevo più perché la sospensione me lo impediva e sapevo che per il resto della notte sarei rimasta lì a soffrire.

Ho cercato di riprendere fiato mentre osservavo più da vicino il cono.

Sebbene fosse difficile dirlo, la parte superiore era arrotondata e sembrava avere un diametro di circa mezzo pollice.

Questo aumentava in lunghezza di circa dieci pollici fino ad un diametro di circa due o tre pollici alla base, che mi parve fosse di circa dieci piedi.

Cindy ha poi ricoperto il tutto con uno spesso strato di lubrificante e poi, mettendone una notevole quantità sulla punta delle dita, ha iniziato a massaggiarmi l'ano.

Lei rise mentre sputava cercando di infilarmi le dita dentro, che all'improvviso finirono dentro di me facendomi sussultare e gemere.

Mentre mi prendevano cura del culo, Angela ha collegato un lettore CD e ha provato velocemente la canzone scelta per questo fottuto evento di sua creazione, che sperava di ricambiare presto un giorno.

Ho riconosciuto immediatamente la musica...e sapevo che il suo ritmo lento avrebbe emozionato tutte le Signore, ma mi avrebbe causato molto dolore.

Anche il lettore CD era collegato alla scatola di controllo del dispositivo.

Angela aveva preregistrato le prime battute strumentali della canzone e ora la suonava per attirare l'attenzione delle signore per indicare che era pronta.

Ho visto le signore arrivare e stare in semicerchio intorno a me a circa un metro e mezzo di distanza e ho visto Angela salutare Mistress Lucy mentre spegneva la musica.

"Signore, questa è una breve presentazione che Angela ha fatto e che lei chiama La sospensione finale.

Il mio schiavo Peter non ne è stato informato fino a pochi minuti fa ed è un buon modo per il mio schiavo di aspettarsi sempre l'inaspettato.

"Puoi continuare, Angela", disse Lucy.

"Grazie signora", rispose Angela. "Spero che vi piaccia lo spettacolo che io chiamo La Sospensione Finale e che tutti gli uomini dovrebbero sopportare per lo spettacolo del Piacere del Dolore."

Angela poi si voltò e si avvicinò alla scatola di controllo e azionò alcuni interruttori, facendo sì che Cindy si abbassasse e guidasse il mio corpo nel cono, che entrò per pochi centimetri nel mio culo.

A questa penetrazione ho urlato nel bavaglio e allo stesso tempo ho notato che tutte le Signore avevano unito le loro braccia e osservavano attentamente questa umiliazione del mio corpo.

Poi è iniziata la musica e per il primo minuto il mio corpo si è alzato di un pollice e abbassato di un pollice o due e si è alzato e abbassato di nuovo tutto il tempo a tempo con la musica.

Anche le Signore, a braccetto, sembravano muoversi al ritmo della musica come meglio potevano.

Li ho anche sentiti gridare cose come "Questo dovrebbe succedere a tutti gli uomini", "le donne governano", "gli uomini sono feccia", "viva il piacere del dolore ", con applausi e applausi per l'intera canzone.

Sapevo che la stronza di Angela sarebbe stata ben ricompensata per questo, ma non potevo fare altro che restare lì a urlare ogni volta che venivo penetrato in un territorio vergine.

Durante il secondo minuto della canzone, dovevo essere stato penetrato di tre o quattro pollici perché non mi muovevo più su e giù, ma ora il cono veniva ruotato con piccoli movimenti a destra e a sinistra.

Poi l'ultimo minuto... è stato quello in cui ho urlato per tutto il minuto, un minuto infinito mi sembrava.

Non solo è aumentata la rotazione del cono, ma anche il movimento su e giù.

Potevo solo sentire ruggiti di approvazione da parte del pubblico e sapevo che stavo cominciando a perdere conoscenza ad ogni battito e finalmente, con la fine della canzone, la rotazione si fermò e il mio corpo cadde sul cono; il mio peso perdendolo il più possibile.

Poi ho urlato più forte di quanto avessi mai urlato in vita mia e poi sono svenuto.

* * *

Quando mi sono svegliato, ero solo... non c'era nessuno lì.

Il giorno si era trasformato in notte, ma le luci della casa e della fattoria gli fornivano abbastanza luce per vedere dove si trovava.

Mentre giacevo sotto la struttura della forca, qualcuno aveva gettato una coperta sul mio corpo e guardandomi intorno, non c'era alcuna indicazione che avesse mai avuto luogo una seduta spiritica di alcun tipo.

Avevo immaginato tutto?

Quel pensiero è cambiato quando ho provato a muovermi e ho sentito tutti i dolori nel mio corpo.

Ero libero dalle restrizioni e dal bavaglio, nudo nell'erba e non avevo idea di cosa fare.

Dalla casa provenivano musica e risate, ma io non volevo averci niente a che fare e, faticando ad alzarmi, mi diressi verso l'edificio d'ingresso dove era stato preparato.

Inciampai attraverso l'edificio e trovai la strada verso la mia macchina, nella quale salii velocemente e volevo metterla in moto, ma non riuscivo a trovare le chiavi.

"Scendi dalla macchina, ragazzo!"

Alzai lo sguardo e vidi Cindy vestita con una camicetta bianca e una gonna corta.

Senza reggiseno, Dio quanto è bella, pensai, ma sapevo che in quel momento non potevo fare niente.

"Mi hai sentito, ragazzo? Esci dall'auto adesso. Gli uomini devono obbedire a tutte le donne e questo significa Peter, ora te ne andrai da qui in macchina."

Ero troppo stanco per discutere o conoscevo il mio posto nel gruppo?

Comunque, scesi dalla macchina e vidi Cindy che mi porgeva i vestiti perché li indossassi.

"Ehi, quei vestiti sono miei! "Dove hai preso tutto questo?" ho chiesto.

"Mettitelo e sali in macchina, devo portarti a casa e prendermi cura di te. La signora Lucy era preoccupata per il tuo benessere."

Ero troppo stanco per dire qualsiasi cosa e grato che qualcuno mi portasse a casa.

Cindy parcheggiò sul lato del vialetto, senza scegliere se entrare o aprire il garage.

Le luci in casa erano accese e sapevo di non averne lasciate accese, quindi mi sono reso conto che avevano preso le mie chiavi e preparato la casa ad un certo punto durante la notte.

Dopo avermi portato in casa, Cindy mi ha portato in bagno e mi ha fatto entrare nella doccia, cosa che ha fatto anche lei con me.

Mi ha lavato, tenendomi stretto a sé... era così morbido e così bello che sapevo che presto il mio corpo sarebbe tornato alla normalità.

Mentre l'acqua ci schizzava addosso, sentii un forte rumore nella zona della camera da letto.

"Cos'era quello? C'è qualcun altro qui?"

"Rilassati Peter. Quello era solo il sistema di raffreddamento centrale o qualcosa del genere. Hai avuto una giornata dura. Andiamo ad asciugarci e sdraiiamoci a letto."

Mi ha asciugato delicatamente, baciando il mio corpo dove era dolorante o segnato e, infine, mi ha dato un bacio forte sulle labbra con la sua lingua che sembrava massaggiare la mia.

Oh Dio, mi sta eccitando.

Nudi , andammo a braccetto nella stanza degli ospiti, che aveva tutte le luci accese.

Immaginavo che fosse stata Cindy.

Quando siamo entrati, sono rimasto sorpreso nel vedere Mistress Lucy nuda sul letto, con indosso solo un perizoma nero.

"Ah, ecco i miei due schiavi. Sono entrambi fantastici. Vieni, Cindy, e unisciti a me. No, non tu, Peter, non voglio schiavi. I tuoi servizi non saranno richiesti stasera, quindi vai nella camera da letto principale Ora!" "

Il mio cuore si è abbassato più che mai nel sentire le sue parole e con la testa chinata sono andato nella mia stanza.

Era buio, quindi naturalmente ho acceso la luce e lì, sul pavimento della camera da letto, c'era Angela!

Era nuda con manette di metallo sui polsi bloccati dietro la schiena e anche sulle caviglie e sollevata in una posizione sottomessa avendo i suoi lunghi capelli legati con una corda legata strettamente alle caviglie.

Una gag conteneva il suo sussulto mentre mi guardava ammirare la sua bellezza e realizzare cosa sarebbe successo dopo.

Accanto c'era una piccola frusta di cuoio con un'unica coda intrecciata che sembrava una frusta in miniatura, e sopra c'era un biglietto.

Il biglietto era della signora Lucy e diceva semplicemente:

"Ricorda Peter, aspettati sempre l'inaspettato."

Quando ho alzato la frusta, la mia virilità è tornata prepotentemente e da quel momento ho capito che non avrei mai smesso di appartenere al Piacere del Dolore.

IL DESIDERIO DI SANDY

71

"Ti aspetto stasera nella tua solita stanza d'albergo, ho bisogno di te."

Sandy riattacca il telefono in faccia a Sam, aspettando nervosamente la sua grande serata.

Non ha mai fatto passi così audaci con nessun altro amante.

Sebbene fosse esigente e affamata come un lupo , nessun uomo ha toccato le sue passioni più profonde come fa questo amante.

E quando lei glielo menziona provvisoriamente, con suo grande piacere, lui è ricettivo.

La sua mente impazzì.

Può questo amante davvero darle ciò che desidera?

Nella sua routine quotidiana, Sam è un uomo potente e di successo, un uomo che tutti nel suo mondo si fermano ad ascoltare.

E nel suo mondo, Sandy è una tranquilla madre sposata di periferia, ascoltata anche lei, ma solo dai figli piccoli.

Lei vuole controllo e rispetto quasi con la stessa forza con cui lui vuole che qualcuno si prenda cura di lui.

Qualcuno che si assuma la responsabilità.

Qualcuno che allevi la pressione di essere sempre al comando.

* * *

Sandy sta davanti alla porta della camera d'albergo, sapendo che la sta aspettando dentro.

Bussa nervosamente alla porta.

Facendo appello al suo coraggio e ricordando le sue fantasie, recita un po' il suo ruolo.

"Apri subito la porta, altrimenti vado a casa."

Sam sorride quando sente la voce del suo amante che gli ordina.

Riesce quasi a sentire la risata musicale che accompagna la maggior parte del suo discorso, sapendo che lui nella sua vita generalmente la fa ridere e questo in particolare è un cambio di ritmo per lei quindi deve esplodere di gioia.

Quando la porta si apre, evita un sorriso.

Lui le sorride e i suoi occhi trafiggono i suoi in un involontario tentativo di lottare per il controllo della situazione.

"Non stasera, Sam. Non stasera. Stasera comando io, non tu. Togliti tutto e vai a letto. Adesso coccolati o me ne vado."

Sandy pronuncia queste parole con crescente sicurezza.

La sua voce risuona fermamente.

In piedi con i piedi ben piantati a terra, Sandy lo guarda spogliarsi.

Ogni capo di abbigliamento che si toglie rivela un po' di più del suo incredibile fisico.

OH.

Come le piace.

"Ora stenditi sul letto. E non muoverti, Sam, altrimenti me ne vado. Dico sul serio."

Sandy sembra seria e ferma, è il suo primo esercizio di controllo e la sua eccitazione cresce di minuto in minuto.

Si sdraia sul letto, la sua mascolinità, debole al momento, cresce lentamente, creando una linea perpendicolare al suo corpo disteso.

"I tuoi occhi su di me. Guardami."

Sandy è in piedi ai piedi del letto, con il suo amante nudo di fronte a lei.

Mentre molto lentamente e deliberatamente rimuovono ogni capo di abbigliamento.

Tirandosi lentamente la maglietta sopra la testa, si ferma davanti a lui.

La sua scollatura sporge dalle coppe del reggiseno nero cercando, debolmente, di tenere le tette a posto.

La sua vita sottile è coperta da un corsetto nero, allacciato sul davanti per enfatizzare le sue curve.

Si toglie lentamente la gonna, centimetro dopo centimetro, rivelando un minuscolo perizoma nero con perline con delicati fiocchi neri su ciascun fianco.

Voltandosi in modo che lui le guardi la schiena, slaccia lentamente il reggiseno in modo che i suoi seni oscillino liberamente sul corsetto, liberati dalla loro prigione temporanea.

Sandy sospira di gioia.

Volgendo le spalle al suo amante, gira la testa oltre la sua spalla e lo avverte nuovamente:

"Non si muova".

Girandosi, lentamente, ed esponendogli i suoi deliziosi seni, porta il reggiseno tra le mani.

Lanciandolo verso il letto, gli cade sul ginocchio.

Il pizzo del reggiseno le solletica il ginocchio e lei comincia a chinarsi per toglierlo.

Sandy lo guarda severo:

"Questo è il tuo primo avvertimento. Non muoverti. Sai benissimo cosa accadrà se lo fai."

Mentre fai fatica a rimanere fermo, ti senti come se il tuo reggiseno fosse scomodo e ti solletichi il ginocchio.

È sempre più consapevole della sua presenza.

La sua pelle pizzica dalla voglia di grattarsi.

Mentre i loro occhi continuano a incontrarsi, Sandy tira lentamente i lacci ai lati del suo perizoma nero, sciogliendolo.

Intanto cade a terra, insieme agli altri vestiti.

In piedi, ora completamente nuda tranne che per il corsetto, Sandy solleva lentamente il ginocchio sinistro dai piedi del letto al materasso, sul punto di strisciare verso di esso.

Sollevando l'altro ginocchio, lei è ai suoi piedi.

Con le mani tese in avanti, il suo corpo ondeggia leggermente con lussuria incontrollata.

Lei si dondola sulle ginocchia, imitando il suo desiderio di cavalcare il suo cazzo duro, mentre lo guarda con desiderio negli occhi.

Sam giace lì, disposto a tenere le mani lungo i fianchi, lottando contro l'impulso di prendere il controllo di questo bellissimo gattino sessuale ai piedi del suo letto.

Ricorda a se stesso quanto tempo hanno aspettato per realizzare adeguatamente questa fantasia e vuole realizzarla fino all'ultimo dettaglio.

Si dimena con impazienza, ricordando a se stesso che se si muove rovinerà questo delizioso gioco.

Il suo cazzo è sull'attenti e Sandy non può fare a meno di notare quanto sia assolutamente appetitoso.

Leccandosi le labbra in modo suggestivo, incontra il suo sguardo, notando il sudore che si forma sul suo labbro superiore.

Mentre lotta per seguire i suoi desideri per quella notte.

Si ferma e si rende conto che il reggiseno le sta ancora sfregando contro il ginocchio, sapendo che il materiale del tessuto deve averlo fatto impazzire.

Fortunatamente per lui, lei lo solleva dal ginocchio.

Ma poi fa scorrere lentamente la rete e il tessuto di pizzo lungo la coscia, sopra l'inguine, accarezzandole leggermente la pelle, finché alla fine lo getta dietro di sé nella pila di vestiti scartati ai piedi del letto.

Scivolando con grazia con il corpo, avvicina la bocca a pochi centimetri dalla sua.

Guardando le sue labbra, sa che questa è la bocca che bacia con cruda passione, con tanta fame.

Sa che sta lottando contro il suo desiderio più forte di non restare fermo e divorarla con la bocca.

Seduta sul suo petto, sostiene il suo corpo con le sue gambe forti, la sua figa vogliosa e la sua pelle rigogliosa che si strofina contro il suo torso.

A cavalcioni su di lui, gli chiede dolcemente:

"Vuoi assaggiarmi?"

Tremando, sapendo che hanno completamente scambiato il potere per la notte, può solo annuire.

In risposta al suo cenno, Sandy fa scorrere il dito medio sulla sua fessura gocciolante, sollevandosi leggermente, in modo che lui la guardi.

Con il dito luccicante dei suoi succhi, glielo passa sotto il naso, senza toccarle la pelle.

"Mi senti l'odore, Sam?"

Annuisce di nuovo.

"Vuoi assaggiarmi, Sam?"

Sandy assorbe completamente il suo ruolo di responsabile e si diverte a prenderlo in giro, sapendo che entro la fine della serata avranno sperimentato qualcosa di completamente nuovo.

Sandy tocca con il dito il suo labbro superiore tremante, nutrendolo con i suoi succhi come in un'oasi nel deserto.

Mentre le passi il dito sulle labbra, lei si sporge in avanti, così i suoi seni ondeggiano e sfiorano il suo petto mentre lo fa.

Tirando fuori la lingua, le lecca solo le labbra, condividendo i suoi succhi, assaporando le sue labbra, trattenendosi dal divorarlo, sapendo che una volta che l'avrà baciata, perderà il controllo per cui ha lavorato così duramente .

Con le labbra tese mentre suona, Sandy riacquista rapidamente la leggera perdita di compostezza.

Mettendo il dito tra i denti, lecca la sua essenza.

I suoi occhi e quelli di lui non si separano mai e con lo sguardo si sono già scopati migliaia di volte prima ancora che le loro parti del corpo convergessero.

Scivolando leggermente lungo il suo busto, il suo sedere gioca con il suo cazzo eretto mentre le sue natiche avvolgono la sua virilità palpitante mentre lotta per spingersi tra le sue gambe.

Lei continua a scivolare indietro, il suo fiore caldo che sfiora la punta della sua asta dura, stuzzicandolo e stuzzicandolo con il suo calore.

Lei scivola lungo le sue gambe, che lui fatica a tenere ferme, finché la sua bocca non raggiunge la sua massiccia erezione.

Facendo scorrere lentamente la punta della lingua tra le sue labbra, Sandy lecca la testa, ma nient'altro.

Il suo amante si sforza di spingerle in fondo alla gola, ma lei si rifiuta di soccombere al desiderio di chiuderlo con la bocca.

Invece, lo tormenta lentamente, leccandolo come un cono gelato, assaporando la punta rotonda del suo cazzo.

"Ne vuoi ancora, Sam?" chiede Sandy dolcemente.

"Uh huh," una risposta strozzata gli esce dalla gola.

"Ho bisogno che tu mostri quello che vuoi. Mostrami cosa fare con la tua bocca."

Quando Sandy dice questo, fa scivolare il suo corpo dal cazzo verso la sua bocca, dove pianta la sua figa gocciolante vicino alla sua bocca.

"Mostrami come ti piace essere leccato. Ho bisogno di imparare e solo tu sai di cosa hai più bisogno."

Sandy si mette a cavalcioni direttamente sulla sua bocca, mentre le afferra i lati della testa con entrambe le mani, guidandole la testa in avanti per portare la bocca e la figa a diretto contatto.

"Mangiami. Mostrami quanto mi vuoi."

Quando lei gli ordina di farlo, Sandy lascia andare la testa e si sdraia sulle sue braccia, avvicinando la sua figa alla sua bocca.

Gettando indietro la testa in estasi, si rende conto che il suo amante si sta di nuovo godendo il suo gioco di ruolo mentre gira avidamente intorno alla sua figa, sapendo che se fa un buon lavoro, la ricompensa sarà immensa.

Facendo scorrere la lingua sulle sue labbra, aprendo il suo fiore, succhiandole il clitoride, si sente alternativamente più incredibile nella sua bocca affamata.

Lui continua a leccarla finché la sua eccitazione non le scende lungo il mento.

Lui si allunga per afferrarle i fianchi e lei indietreggia velocemente.

"Ti avevo detto di non muoverti. Questo è il tuo secondo avvertimento."

Mentre gli toglie velocemente la figa dalla bocca, osserva lo sguardo perplesso negli occhi del suo amante.

Incapace di rimanere completamente nel personaggio, Sandy si sporge in avanti e gli lecca teneramente i suoi succhi dal viso, baciandogli le guance e guardandolo negli occhi così capisce che lei sta davvero giocando, ma che niente potrà davvero tenerla lontana da lui.

Dopo che lei gli ha leccato la bocca, il ricordo della sua stessa eccitazione gli fa quasi perdere il controllo.

Tremando per mantenere il suo ruolo, si allontana rapidamente da lui e scende dal letto per guardare il suo amante sdraiato lì, in attesa della sua prossima mossa.

Il suo cazzo luccica nel punto in cui lei lecca la testa, ma lei nota una piccola goccia di sperma che fuoriesce dalla punta.

"Sam, sembra che tu sia davvero emozionato. Puoi parlarmene?"

"Mi stai facendo impazzire, Sandy. Questa è la tortura più dolce che abbia mai conosciuto."

"Bene, Sam, la pazienza ha le sue ricompense e voglio che entrambi impariamo qualcosa. E non ho ancora finito con te."

Mentre lo dice, si alza velocemente dal letto e si china per dare al suo amante una visione del suo culo meravigliosamente rotondo.

Geme con desiderio, sapendo che deve solo guardare.

Tira fuori qualcosa dalla borsa e si gira con in mano un piccolo oggetto, ma con il pugno chiuso, ovviamente, perché non è pronta a farsi vedere.

"Chiudi gli occhi", ordina.

Tutta la loro forza di volontà viene messa alla prova poiché le uniche restrizioni e divieti che usano per questo gioco di ruolo sono puramente mentali.

Ha scelto di non muoversi né di aprire gli occhi, semplicemente perché Sandy glielo ha richiesto.

Sente il corpo di lei muoversi accanto al suo e il materasso spostarsi leggermente perché lei deve essersi seduta accanto a lui.

La sua piccola mano tocca la testa del suo cazzo, il suo dito massaggia il precum intorno alla parte superiore.

"Sam, sembri pronto a esplodere. Ma io sono pronto per quello. Ma non preoccuparti e non aprire gli occhi e non muoverti."

Il silenzio è assordante poiché l'unico suono nella stanza è il suo respiro sempre più affannoso.

Sandy gli afferra il cazzo con una mano e con l'altra fa scivolare qualcosa sopra la testa, un anello di metallo freddo che gli manda un brivido attraverso il corpo e gli fa tremare la schiena.

Fa scivolare l'anello alla base del suo cazzo e il suo polso si contrae.

Immediatamente ti senti sempre più forte e gonfio.

"Apri gli occhi."

Il suo amante apre gli occhi e coglie un lampo di metallo e un cuscinetto alla base della sua massiccia erezione.

"Un anello per il cazzo, eh?"

"Questa è la mia carta jolly per la sicurezza, Sam. Ho molto a che fare con te e non voglio che finisca prima di iniziare. Lo senti?"

"Sì, è stretto."

"È scomodo?"

"No, solo diverso."

Il suo amante deglutisce, un po' nervosamente, non avendo mai usato nessun tipo di giocattolo per adulti.

"Il cuscinetto è progettato per darmi piacere. Vedrò come ci si sente. Stai fermo."

Sandy si sta godendo il suo gioco di controllo e la sua eccitazione sta iniziando a raggiungere il culmine.

I suoi succhi caldi scorrono liberamente, quindi tutto ciò che deve fare è mettersi a cavalcioni su di lui e scendere su di lui, che la riempie immediatamente con il suo enorme cazzo.

Si sporge in avanti facendo rotolare il rullo sul clitoride.

Il suo corpo riscalda immediatamente il freddo metallo e preme in modo suggestivo contro il punto magico di lei mentre lei dondola in avanti.

Il suo cazzo si inarca leggermente mentre lei lo stringe nella presa.

Gli afferra i polsi con le sue piccole mani, anche se qualsiasi tipo di immobilizzazione è meramente simbolica, poiché lui potrebbe facilmente sconfiggerla.

Il suo gioco non è realmente una questione di potere.

Si atteggia semplicemente a aggressore, eroina conquistatrice.

Con un subdolo ammiccamento di tacita comprensione tra loro, il loro reciproco piacere si intensifica.

"Questo è quello che voglio, Sam. Riesci a sentirmi? Riesci a sentire quanto mi fai eccitare?"

Sandy si morde il labbro inferiore mentre preme più forte.

Le pareti della sua vagina si stringono, afferrando il membro di Sam con dominio possessivo.

Lei sta più in alto, stringendogli il cazzo mentre lui sente l'anello restringere la sua eccitazione, rendendola più difficile.

Sam fa una smorfia mentre il suo istinto è quello di spingere selvaggiamente i fianchi nelle profondità del suo fascino femminile.

Ma ricordandosi che ha già due ammonizioni, fatica a contenersi.

Sandy scivola in cima al suo cazzo, con solo la testa dentro, e si siede perfettamente immobile, pronta a liberarlo o circondarlo.

Il momento di tensione continua quando Sandy rimane perfettamente immobile.

"Sam, ti piace? Ti piace come gioca il tuo amante? Puoi seguirmi di nuovo?"

Le giocose prese in giro di Sandy emozionano Sam quando si rende conto che può oltrepassare il limite solo una volta.

Invece di risponderle, alza i fianchi e affonda dentro di lei il suo membro palpitante e pieno di virilità.

Il cuscinetto dell'anello del cazzo rotola sul suo clitoride e lui le sorride scherzosamente,

"Tre ammonizioni mi mandano in panchina?"

Sandy rabbrividisce per un momento, determinata a mantenere il controllo, e ricambia il sorriso a Sam.

"Analogia con il baseball, eh? Lo definirei un fallo. Facciamo un altro lancio."

Sandy continua a tenere il polso di Sam in una sorta di presa falsa mentre si allontana con riluttanza da lui.

Guardandolo, improvvisamente la premessa del gioco diventa meno importante.

Vuole che quest'uomo la spinga dentro e lei sta perdendo la sua forza di volontà di minuto in minuto.

"Penso di dover verificare con il lanciatore", afferma Sandy, mantenendo viva l'analogia con il baseball ma chinandosi per baciare Sam.

Premendo la bocca contro la sua, geme lussuriosa, mentre il gioco di ruolo evapora rapidamente.

Senza fiato, si allontana da lui.

"Fottimi adesso. Questo è il mio ordine, Sam."

Sam sorride alla sua Sandy e tira un sospiro di sollievo.

"Con o senza questa cosa?"

Sam indica con curiosità l'anello del gallo.

"Con quello, finché non raggiungerai l'orgasmo, poi lo toglierò."

Sandy si gira sulla schiena e allarga le gambe con un invito seducente.

"Sam, ricorda che comando ancora io e voglio che tu mi scopi con la bocca."

"Con piacere, padrona. Con piacere. Adesso tocca a te restare fermo."

Mentre Sandy allarga le gambe, Sam si posiziona tra loro e fa roteare avidamente la lingua tra di loro, cercando il nettare. scivolare sulla sua lingua, che scorre con gratitudine per la sua eccitazione.

Mentre le lecca il fiore aperto, camminando intorno a lei, Sandy geme con un desiderio primordiale.

Sandy si perde nelle sensazioni della lingua di Sam e fluttua in un luogo lontano dalla sua camera d'albergo.

Afferrandogli la testa, lo invita silenziosamente a unirsi al suo viaggio estatico.

Sam misura le sue risposte e sa che è sull'orlo dell'orgasmo.

Lui scivola lungo il suo corpo, il suo sapore ancora sulle labbra.

Mentre spinge il suo cazzo dentro di lei, le bacia profondamente la bocca.

Entrando in lei con facilità, Sam sente le sue mura tremanti circondarlo.

Sente il suo anello contro il clitoride mentre Sam spinge ancora e ancora, dimostrandole che ci vogliono due, non uno, per fare l'amore.

Piega le gambe indietro finché non si appoggiano sulle spalle di Sam, e lui la penetra completamente.

Il suo corpo è pieno di lui, il suo clitoride solletica e lui sente ogni profondità della sua femminilità.

Sam le consuma il viso, il collo e le spalle con i suoi baci.

"Oh Sam."

Sam accelera il passo, sapendo che la sua Sandy è molto vicina al climax.

Lei inizia a muoversi e lui ricorda la premessa della serata.

"Sei pronta, mia padrona?"

"Sono."

Facendo una pausa per un momento, Sam si allontana nuovamente da Sandy.

Lei afferra il suo cazzo, saturo dei suoi succhi, e tira su l'anello del cazzo.

La sfera metallica arrotondata traccia un percorso invisibile lungo il tuo cazzo.

Tenendo l'anello luminoso nel palmo della mano, sorride al simbolo della loro reciproca estasi.

Sandy porta l'anello alla bocca e lecca la circonferenza, senza mai distogliere lo sguardo dagli occhi di Sam.

Tenendo l'anello tra i denti, si sporge verso Sam mentre lui glielo toglie dai denti, solo per gettarlo sul letto.

"Sei così bella che niente può impedirmi di voler essere dentro di te, in ogni modo."

"Prendimi, amore mio."

Senza aggiungere altro, Sam spinge la sua furiosa erezione nell'affamata apertura di Sandy.

Praticamente lo accoglie dentro con un grido di benvenuto.

La spinge ripetutamente selvaggiamente, ancora e ancora.

Sandy geme con passione incontrollabile.

" Mmmmmmmmmmm , Sam. Oh tesoro. Così, così, più forte, così "

"Oh tesoro, Sandy, ti amo così tanto."

"Dai Sam, più forte."

Sam fa una pausa per un momento, tirandosi fuori dal calore di Sandy.

"Sandy, sono pronto a esplodere. Sei pronto?"

"Ero pronto per te nel momento in cui sei entrato, Sam."

Quando Sandy dice questo, si accovaccia, guidando Sam verso la sua impaziente apertura.

Con un movimento rapido, Sam si spinge verso Sandy e stringe i denti.

Seppellire il suo cazzo palpitante nel profondo di lei.

Geme come una donna che all'improvviso si è trovata piena di tutto ciò di cui ha bisogno.

"Oh Sam, ce l'hai ancora tantissimo per me."

"Perché tuo marito non ha preparato tutto per te? Mi sono caricata di energia tutto il giorno . Mi è piaciuto vederti prendere il controllo."

"È vero che non ce l'hai così, e adoro condividere quello che hai con me."

Gli amanti smettono di parlare e iniziano a muoversi più velocemente, entrambi così pericolosamente vicini al loro climax.

Sam spinge ripetutamente e Sandy si alza per affrontare ogni suo affondo mentre ballano il valzer in una gioia primordiale.

"Oh Sam, vieni con me... sono già lì..."

Sandy sussulta e si contorce mentre il suo viso si contorce con passione incontrollata mentre ondate di muscoli in contrazione prendono il sopravvento sul suo nucleo e irradiano piacere attraverso il suo corpo.

"Oh Sandy..."

Il corpo di Sam si irrigidisce e lui la prende tra le braccia mentre trasferisce tutta la sua energia dal suo cazzo pulsante al corpo accogliente di Sandy.

Il suo sperma scorre dentro di lei, mentre il suo succo scorre attorno al suo cazzo, in un'estasi liquida.

Crollando senza fiato sul materasso, si tengono per mano mentre i loro battiti cardiaci rallentano.

"È stato molto meglio della solita sveltina, non credi?" Sam sorride maliziosamente a Sandy.

"Oh sì, e il viaggio di mio marito è stato utile. Così potevamo goderci meglio la nostra camera."

"Beh, tesoro, non volevo davvero spendere tutta la mia passione repressa per portare a letto mia moglie. Volevo darti tutto."

"E volevo che tu mi dessi tutto. Direi che abbiamo realizzato il nostro desiderio, giusto?"

"Sì. E abbiamo ancora tempo per altro visto che mia moglie non mi aspetta a casa tanto presto..."

"Brillante! "Dovremo rendere duro di nuovo quel gustoso cazzo," disse Sandy chinandosi per leccargli di nuovo il cazzo...

APOCALISSE ZOMBIE

La parte migliore dell'apocalisse zombie?

Le ragazze ti ringraziano quando salvi loro la vita.

Dico sul serio.

Lo fanno davvero, anche se hai un tipo come il mio.

Non sono il ragazzo più alto della città, né il più intelligente, né il più bello.

Sono il più normale possibile.

Sono alto un metro e settanta.

Ho i capelli castani lisci che lascio corti.

Non sono mogano o capelli castani.

Non è lungo, né ondulato, né particolarmente lucido.

È marrone, come un tipico cartone animato marrone.

Non sono né grasso né magro.

È solo che, diavolo, non lo so.

Fuori forma?

Il miglior esercizio che abbia mai fatto è stato brandire la spada medievale che ho comprato ad un Festival del Rinascimento un paio di anni fa.

Dannazione, mi piaceva girare quella cattiva ragazza.

Comprò perfino delle angurie, le appoggiò al palo della recinzione e le tagliò come un vero guerriero medievale.

Lo ammetto.

Nella mia mente, sono sempre stato un po' cattivo.

Chi poteva immaginare che tutto quell'agitare la spada un giorno sarebbe tornato utile?

Ma niente di tutto ciò è bastato a salvare mia madre o mia sorella.

Immagino che dovrei dire che non sono riuscito a salvare neanche mio padre.

Ma è divertente dire che non sono riuscito a salvarlo, quando sono stato io a tagliargli la testa.

Sì, fa schifo.

Mi piaceva quello vecchio.

Stavo affilando Excalibur, come chiamavo la mia spada, in ginocchio quando entrò nella mia stanza.

Ho capito che qualcosa non andava.

Era coperto di sangue ovunque, che poi ho scoperto essere quello della mamma.

Non ho visto dove è stato morso, ma non aveva importanza.

Ringhiò, proprio come nei film.

Era un rumore profondo e gutturale che sembrava provenire da un animale piuttosto che da un essere umano.

Barcollò verso di me, con le mani coperte di sangue tese, e io lo sapevo.

Non so come lo sapevo, lo sapevo e basta.

Quindi mi sono alzato e ho urlato qualcosa come "Stai indietro!"

Quando non ha reagito, ho oscillato la spada.

Il mio primo omicidio.

Papà.

Morto e ancora morto.

Dopo aver vomitato, mi sentivo bene.

Ho corso per la casa.

Ho trovato la mamma morta e a pezzi.

Mia sorella era nel cortile sul retro con altri tre zombi che la mordevano ancora.

È sempre stata una puttana.

Mi sono preso cura di ognuno di loro senza estremi pregiudizi.

È stato più facile di quanto potesse sembrare.

Con il cibo davanti a loro, sorella mia, gli zombie intendono mangiare.

A loro non importa molto se qualcun altro si unisce al festival.

A loro non importa se c'è più pranzo gratis nelle vicinanze.

Tutto ciò che interessa loro è raggiungere le chicche all'interno.

Dopo che il cuore, i polmoni e gli organi scompaiono, iniziano i problemi.

Poi si alzano e cercano altro.

La cosa brutta è quanto velocemente riescono a mangiare.

Possono attraversare un essere umano più velocemente di, beh, non so cosa.

Dopo aver ucciso l'ultimo degli zombie che stavano mangiando mia sorella, ho guardato ciò che restava di lei.

Non è stato carino.

C'erano pezzi di polmone e gran parte del suo intestino.

A quanto pare agli zombie non piace mangiare la merda.

Davvero, chi può biasimarli?

Nancy Williams è la bomba presuntuosa che vive accanto a casa mia.

C'è un giardino che separa le nostre case.

Mi sono fermato abbastanza a lungo per indossare le scarpe da ginnastica e sono corso verso casa sua.

Forse era troppo tardi, non lo sapevo, ma dovevo provarci.

Nancy potrebbe essere una stronza presuntuosa, ma non meritava di morire per mano e per bocca di uno zombie.

Non è andata bene.

Mentre correvo ho potuto vedere che le luci esterne erano accese.

Le luci funzionano come un rilevatore di movimento.

Avvicinandomi ho capito perché erano accesi.

Tre dei non morti erano nel cortile e stavano barcollando verso la sua porta.

Ho visto il primo correre verso la porta prima che potessi arrivarci.

Come un idiota, il padre di Nancy aprì la porta e fu il primo a morire.

Questo mi ha dato l'opportunità di eliminare i tre zombi che sono caduti sul ragazzo durante la cena.

Come ho detto, quando mangiano, i non morti ignorano tutto il resto.

Il padre di Nancy sembrava un rottame.

Sono saltato sul suo corpo e ho chiamato Nancy.

D'altra parte ho avuto fortuna che la madre di Nancy sia venuta allo scoperto.

"Cosa hai fatto a mio marito?" ha urlato e mi ha lanciato una lampada.

Una lampada del cazzo!

L'ho colpita con Excalibur.

Anche tutto quel baseball a cui aveva giocato da bambino lo aiutò.

"Signora Williams! Zombie!" Ho provato a spiegare.

Mi lanciò uno sguardo selvaggio e corse verso i resti di suo marito. Cattiva idea.

Peter Williams è stato abbastanza cattivo da morire e tornare.

Afferrò sua moglie e cominciò a mangiare.

Quelle sono le urla che ancora oggi mi tengono sveglio alcune notti.

Anche se non è la signora. Williams, quando sento delle urla in lontananza, sostituisco sempre le loro urla con quelle che ho sentito quel giorno.

Essere mangiati vivi fa male.

Ho avuto tutto il tempo per risolvere il mistero.

Se ti mordono, ti giri.

Non importa dove ti mordono, importa solo che lo facciano.

Devi evitare di essere un boccone.

E non chiedermi perché, ma avere viscere di zombie o sangue addosso o in bocca non basterà.

Se il morso è fatale (il signor Williams è stato morso per primo alla giugulare) e gli altri zombi non ti fanno a pezzi, puoi girarti abbastanza velocemente.

Non appena morirai, immagino.

Se si tratta di un morso non fatale, ci vuole un po' di tempo prima che il veleno faccia il suo lavoro.

Muori comunque e diventi uno dei non morti, ma potrebbero volerci alcune ore o addirittura giorni.

Ecco perché, dopo un po', inizi a uccidere quelli appena morsicati con la stessa impunità con cui dai a quelle cose già trasformate.

Perché no?

Prima o poi causeranno solo problemi.

Non lo faccio molto, ma lo faccio.

La signora Williams stava ancora urlando mentre veniva sanguinosa (nella descrizione più accurata che posso dare) quando Nancy corse nella stanza.

Ero confuso e spaventato.

Ha visto cosa stava facendo suo padre a sua madre.

"Fare qualcosa!" mi ha urlato.

C'ero già stato.

Ho puntato la spada alla testa del signor Williams e l'ho decapitato.

Lacerata e maciullata, ma appena mangiata, la madre di Nancy si voltò rapidamente.

Mi ha ringhiato e questo era tutto ciò di cui avevo bisogno.

Ad un certo punto era senza testa.

"Mio Dio!" Nancy ha detto.

"Sì. Zombie", ho spiegato.

"Niente merda", ha detto.

Indossava una maglietta attillata e pantaloncini di cotone.

Aveva un aspetto dannatamente caldo.

Non indossava il reggiseno.

I suoi capezzoli erano duri da morire.

È divertente come riesco a ricordare tutto ciò come se fosse successo ieri.

"C'è dell'altro?"

"Altri tre morti al fronte," dissi.

Ho fatto del mio meglio per spingere via i resti dei suoi genitori e chiudere la porta.

Nel soggiorno la televisione era accesa e gli annunciatori erano entrati nel palinsesto con le ultime notizie.

La merda era reale e accadeva ovunque.

Nessuno sapeva perché.

Nessuno sapeva se ci fosse il ground zero.

A nessuno importava.

Nancy e io ci siamo avvicinati al divano e abbiamo guardato stupiti lo schermo.

"Grazie per avermi salvato la vita", ha detto dopo che la realtà dei nuovi tempi si è fatta strada.

"Nessun problema", ho detto.

"Perché io?"

"Perché sei carina," le ho detto.

Era la verità ed ero troppo spaventato per mentire.

"Grazie", ha detto e abbiamo continuato a guardare la TV.

Non ricordo quando è successo, ma dopo un po' Nancy mi ha suggerito di fare una doccia e lavare via il sangue.

L'ho fatto.

Mi ha dato alcuni vestiti di suo padre da indossare.

Non mi andava molto bene.

Non mi importava.

Potrei andare a casa e cercare dei vestiti.

Poi mi portò nella sua stanza.

"Non voglio morire vergine," disse e mi diede un bacio timido.

"Sei vergine?" Ho chiesto.

Considerando che i morti tornavano in vita e mangiavano i vivi, probabilmente era un piccolo dettaglio, ma mi sorprendeva comunque.

"Se non?"

"Cazzo no", ho detto.

"Merda."

"Dico sul serio," ho insistito.

Si è messa una mano sul fianco e mi ha lanciato quel classico sguardo perverso che per fortuna finisce dopo il liceo.

"Chi?" chiese.

"Katty Walker? Andy Muller ?"

"No , in realtà l'ho fatto prima con Vicky Flowers , ma ho fatto qualcosa anche con le altre due. Ed erano divertenti. Mi mancano".

"Perché non ne hai salvato uno?"

"Eri più vicino."

"Non posso credere che io sono vergine e tu no", ha detto.

"Significa solo che so cosa sto facendo", ho suggerito.

"Se non moriamo e lo dici a qualcuno, ti uccido."

Ho messo Excalibur vicino alla porta della sua stanza, dove avrebbe potuto facilmente prenderlo.

Poi l'ho baciata.

Non ho giocato a baciarla, voglio dire, l'ho baciata.

Fanculo.

Ero l'eroe.

Aveva visto abbastanza film.

L'avrei baciata come un eroe.

Ho premuto le mie labbra contro le sue e ho spinto la mia lingua nella sua bocca.

Nancy gemette sorpresa prima di sciogliersi contro di me.

Poi si staccò e si tolse la maglietta.

Avevo ragione.

Non indossava un reggiseno, aveva grandi capezzoli e le sue tette erano perfette, mi servivano come un pezzo di torta su entrambi i lati.

Immagino sia salace da parte mia entrare nei dettagli di quello che è successo dopo, ma fanculo.

Fino a quel momento della mia vita, Nancy era la dieci perfetta per me.

Era la ragazza sexy che ogni ragazzo usava nelle sue fantasie.

Ho tolto i vestiti di suo padre (inquietante, lo so) e le ho fatto vedere il mio cazzo duro.

"Non so cosa fare", ha detto.

"Togliti i pantaloncini e al resto penserò io," gli ho detto. "Hai già visto un cazzo duro, vero?"

"Nei film e altre cose."

"Abbastanza buono. Quindi sai che dovresti succhiarlo prima, vero?"

"Devo?"

"No, puoi morire vergine," dissi e finsi di vestirmi.

"Aspetta, così?" lei chiese.

Ha avvolto le sue labbra carnose attorno a me e ha iniziato a succhiare.

Non era molto brava.

Non era brava come Andy Muller .

Adesso quella puttana potrebbe succhiare un cazzo di cazzo!

Ma non aveva importanza, non proprio.

Non sarebbe entrato nella bocca di Nancy.

Volevo solo vedere il suo viso avvolto attorno al mio cazzo.

Era un ricordo di mio fratello di cui non era a conoscenza.

Era un ringraziamento per tutte le volte che uno di noi, il fratello, aveva detto all'altro: L'unica cosa che l'avrebbe fatta sembrare più bella sarebbe vederla avvolta attorno al mio cazzo.

Mentre sorseggiava, mi ritrovai a sperare che mio fratello stesse bene.

"Lo sto facendo bene?" lei chiese.

"Abbastanza buono," dissi.

Ero pronto a scopare.

Vaffanculo.

Fanculo tutto.

"Perché non vai sul letto?"

Nancy salì sul letto, si sdraiò sulla schiena e mi guardò pensierosa.

"Farà male?"

"Forse," dissi e mi posizionai tra le sue gambe per la prima volta.

Vicky era stata la prima.

Prima di farlo, avevamo letto come farlo.

È quello che fanno i nerd, immagino.

Sapevo dalle nostre letture che alcune ragazze, quelle con l'imene intatto, potevano provare un dolore acuto quando si rompeva.

Potrebbe esserci un po' di sangue.

Da lì in poi la navigazione sarebbe tranquilla.

È stato così con Vicky e Andy.

Con Nancy non è stato così.

Sono scivolato dentro di lei senza alcun problema.

"Sei sicura di essere vergine?"

Beh, in retrospettiva, non era la cosa più appropriata da dire quando hai incontrato una ragazza che ti aveva detto che era vergine.

"Fottuto bastardo! Vattene da me!" urlò, scagliandosi contro di me.

Ne sono uscito.

"Che cazzo vuoi dire?"

"Sto solo dicendo che le altre ragazze..."

"Fanculo quelle puttane", ha detto e poi ha iniziato a piangere.

Perfetto, ho pensato.

Come se un'apocalisse zombie non fosse abbastanza, ha dovuto fare i conti con un monello viziato che piangeva.

"Mi dispiace," dissi e mi alzai dal letto.

"Dove stai andando?"

"Non lo so. Casa? Uccidere altri zombie? Non lo so."

"Ma pensavo che l'avremmo fatto, sai..." Stava ancora singhiozzando.

"L'abbiamo appena fatto. Basta questo, un colpo. Congratulazioni, ora non sei più vergine."

"Ma Julian ha detto che non contava a meno che non avessi avuto un orgasmo."

" Julian ? Julian Walker?" Ho chiesto.

Lei annuì.

era Julian Walker .

Era il giocatore di punta della nostra squadra di football del liceo ed era il suo ragazzo.

"Tu e Julian scopate?"

"Facciamo quella parte, ma Julian ha detto che ero ancora vergine perché non avevo un orgasmo."

"Hai mai avuto un orgasmo?"

Lei arrossì e annuì.

"Quando lo faccio da solo."

"Con le dita."

"Ehi, no! Sto usando il mio giocattolo. Non mi toccherò lì."

"Posso vedere il tuo giocattolo?"

"No," disse.

"Va bene," ho alzato le spalle.

Ho preso i pantaloni oversize di suo padre.

Dovevo indossare qualcosa mentre tornavo a casa.

"Aspetta, eccolo", disse e tirò fuori un enorme vibratore di gomma dal cassetto del comodino.

"Lo usi su te stesso?" ho chiesto, sbalordito.

Lei annuì.

"Dentro o fuori?"

"Entrambe le cose. Mi piace dentro, davvero profondo. È brutto, vero? Julian ha detto che è per questo che era così grande laggiù."

Ero confuso per un momento.

Non era stato dentro di lei da molto tempo, ma era ben lungi dall'essere troppo grande.

Si sentiva stretta.

Sapevo che la rigidità non aveva nulla a che fare con la verginità, quindi era rimasta solo una risposta.

"Posso farti una domanda? Di chi è più grande, il mio o quello di Julian ?"

L'ho affrontata con il cazzo ancora duro davanti a lei.

Quello di Julian è grande la metà. Sei nero?"

"Quello?"

" Julian ha detto che gli unici ragazzi con il cazzo più grande di lui erano neri."

"Nancy? Julian ti ha mentito. Sono più grande della media, ma non sono uno scherzo della natura."

" Julian ha detto che tutti i ragazzi del porno erano in parte neri."

" Julian è un fottuto bugiardo," ho riso e mi sono chiesto in quanti altri modi avrei potuto essere preso per stupido.

Ho pensato di prendermi il tempo per spiegarglielo, per chiarire le cose con lei, ma mi sembrava troppo lavoro.

"Senti, va bene. Julian è un bastardo bugiardo con un cazzo piccolo e tornerò a casa mia a prendere dei vestiti che ti vadano bene. Se vuoi venire, ti scopo nel mio letto."

L'ha fatto lei e io l'ho fatto a lei e immagino che abbia perso la verginità quando è venuta mentre ero ancora dentro di lei.

Non lo so, sono notti come questa che penso di più a Nancy.

Non ha mai perso il suo atteggiamento da stronza , ma penso ancora che sia stato triste dovermi prendere cura di lei il giorno dopo.

Andavamo di casa in casa nel quartiere per vedere chi era rimasto.

Nancy non voleva ascoltarmi per stare attenta.

È corsa a casa del suo ragazzo e lui l'ha morsa.

Oh bene, succede. Ho preso le teste di entrambi.

Prima con il fidanzato e poi, dopo essersi convertita, con Nancy.

Ma è così che ho conosciuto Cristy Walker, la sorella leggermente maggiore del fidanzato di Nancy.

Cristy si era nascosta nella sua stanza con la porta chiusa contro suo fratello.

Ha sentito delle voci, degli omicidi e infine io che ho salutato Nancy.

"Ciao?" gridò dalla sua stanza. "Chi sta parlando?"

"Sono io", risposi presentandomi. "Adesso è sicuro."

"Ci sono gli zombie", ha gridato.

"Lo so."

"Tu, sai già come si fa? Li hai uccisi?"

"Sono morti di nuovo", ho promesso.

"Ho davvero bisogno di fare pipì," disse, aprendo la porta e correndo lungo il corridoio fino al bagno.

Non ha chiuso la porta del bagno.

Non ho guardato.

Sembrava scortese.

"Chi sei ancora?"

"Abito nell'isolato di sotto."

"Sei tu quel tipo strano che taglia le angurie con la spada?"

"Si sono io."

Cristy arrossì e ritornò nel corridoio.

Indossava mutandine e una maglietta.

Vide le gambe di suo fratello e di Nancy.

Gli altri erano nell'altra stanza.

Cristy mi abbracciò e mi diede un bacio enorme.

"Grazie", ha detto.

Immagino che stesse guardando le sue tette da quello che ha detto dopo.

"Tienimi al sicuro e quelli sono tuoi", disse e mi baciò sulla guancia. "Quelle e tutte le altre parti di me."

Come ho detto, non c'è niente come l'apocalisse zombie per rimorchiare le ragazze.

FINE

99